ベリーズ文庫

偽装夫婦

～御曹司のかりそめ妻への独占欲が止まらない～

高田ちさき

STARTS
スターツ出版株式会社

目次

偽装夫婦～御曹司のかりそめ妻への独占欲が止まらない～
最悪な日の素敵な出会い …… 6
袖振り合うも夫婦の縁!? …… 48
いきなり結婚記念日 …… 71
夫婦たるもの …… 97
桜咲く、恋も咲く …… 166
時計を落としたシンデレラ …… 213
束の間の幸せ …… 242
あなたの隣 …… 280
特別書き下ろし番外編
彼の好きな食べ物 …… 304
あとがき …… 312

偽装夫婦
～御曹司のかりそめ妻への独占欲が止まらない～

最悪な日の素敵な出会い

ふと振り返り、建物を見上げる。

「ここに来るのも、もう最後かな……」

『三島《みしま》紀念病院』と書かれた大きな看板を、わたし小沢那夕子《おざわなゆこ》は感慨深い気持ちでじっと見つめていた。

手には同僚から手渡された小さな花束と、私物を入れた紙袋。

看護大学を卒業してから六年、精一杯患者と向き合ってきた。未練がないと言えば嘘になるけれど、辞めると決めたのは自分自身だ。

ため息をつきそうになったそのとき、ビュウッと大きな風が吹き、長い髪の毛を巻き上げた。

二月下旬、別れの季節にはほんの少し早い。そんな中で、わたしはひとり惜別《せきべつ》の念を強く感じていた。

「はぁ」と短いため息をついた後、俯《うつむ》きそうになる顔を上げ、夕暮れどきの空を見る。

「ダメダメ、これ以上幸せ逃したらっ！」

自分を奮い立たせて一歩踏み出す。

これから新しい人生が始まるんだから……。ここから先は輝かしい道が続くのだと信じて。今以上に悲惨な状況になんてなりえないのだから。

「さて、行きますかっ！」

その場でぐいっと空に手を突き上げ、大きく伸びると、シャキッと背筋を伸ばして歩き出した。


「おじさん、たい焼きひとつちょうだい」

病院と駅の間にある遊歩道に、時折出ている屋台のたい焼き屋を見つけて足を止めた。

いつも足早に前を通り過ぎるだけだったのだけれど、今日は解放感からかいい匂いにつられてしまった。病院を辞めたから、ここもう通らないだろうし。

「はいよ。おまけで一個つけといた。なにかのお祝いだろう？」

人のよさそうな店主が、手に持っている花束を指さす。

「ああ……これね。……そうなんです。お祝い！」

本当はお別れの花束だが、気のいい店主の心遣いを無にするのは気が引ける。

「そうだと思ったよ」

ニコニコと笑う店主に「ありがとうございます」と声をかけ、たい焼きを受け取る。

あったかいうちに食べようと、少し離れたところにあるベンチに腰かけた。

紙袋に包まれたたい焼きから、ほくほくとした温かさが伝わってくる。

日が落ちかけて昼間よりも冷えたベンチで、大きな口を開けて頭からガブリとそれを頬張った。

「ん、おいしい！　こんなにおいしいなら、もっと食べておくんだった」

パリッとした皮に、ほどよい甘さのあんこ。

ほっとする甘さに心が癒《い》やされる。

パクパクと食べ進めているうちに、これまでの怒濤《どとう》の一カ月が走馬灯のように頭を駆《か》け巡《めぐ》った。

＊　＊　＊

「俺、結婚するから」

わたしが二年つき合っていた相手、片野翔太《かたのしょうた》からそう告げられたのは、今から一カ月ほど前のこと。

うそ……これってプロポーズ？

看護師をしているわたしは、勤務先の三島紀念病院で、外科医である翔太と出会った。

きっかけはありきたりなことだった。何度か食事に行って告白をされて……。

外科医として優秀な翔太は尊敬できたし、なによりもお互い仕事について理解し合っている関係は、一緒にいるととても楽ではあった。

同棲を始めて二年近くが経ち、少しマンネリを感じていたのも事実だったけれど、ときめきがなくなったのは単に新鮮味がなくなっただけ。むしろふたりの関係が安定してきたおかげなんだと、そのときのわたしは思っていた。

いや、思い込もうとしていたのだ。

翔太が三十五歳で、わたしが二十八歳。お互いの年齢から考えても、いずれは一緒になるのだろうと漠然と考えていたこともある。

けれどここのところ、彼と一緒に過ごすこれから先のことが、思い描けないでいた。

ずるずると一緒にいる関係を正当化するために、〝安定〟という耳障りのいい言葉でごまかしていたのかもしれない。

げんにプロポーズめいたことを言われても、驚くばかりで喜びは湧いてこなかった。

突然の〝結婚〟という言葉に意識を持っていかれ、彼の言葉のニュアンスがおかしいことにも気がつかなかった。

「え？　いつ……」

「半年後……」

「ずいぶん、急じゃない？　わたし——」

だけど最後まで言わせてもらえず、翔太が先手を打つように口を開いた。

「お前には、悪いと思っている」

「悪いって、勝手に結婚を決めたこと？」

たしかにびっくりはしたけれど、そんな悲痛な面持ちで言うようなこと？

このときのわたしは、まだ彼の本当に伝えたいことがわかっていなかった。

「そりゃ驚いたけど、そんなに困った顔をするようなことかな？」

「許してくれるのか？」

「許すもなにも——」

そこまできて、やっとバカなわたしは気がついた。

もしかして……相手はわたしじゃないの？

急に黙りこくったわたしの肩に、翔太が手を置いた。

そんなに力を入れていないはずなのに、大きな石をのせられたようにズシリと重く感じた。

そして嫌な予感は的中する。

「すまない。俺、院長の娘と結婚する」

「………」

謝罪の言葉を告げた翔太は、わたしと目を合わせようともしない。

どうして？

たしかにわたしたちの関係が、うまくいっていたとは言いがたい。けれどわたしと一緒に暮らしながら、他の女性との結婚を決めてしまうなんてあまりにも不誠実ではないか。

どうしてわたしが、こんな思いをしなくてはいけないのだろうか。

「いつから……なの？」

最初に出てきた言葉が、本当に聞きたかったことなのかどうかもよくわからない。

気まずそうにしていた翔太は、彼女とのなれそめを詳しく話した。

「半年前かな、院長の家でのパーティーで向こうから話しかけてきたんだ。こっちは無下にできないだろう。彼女、お嬢様だから男とつき合うのも俺が初めてらしくてさ――」

医院長の娘、三島美穂《みほ》さんは絵に描いたような箱入り娘だ。都内の女子大を卒業した後は、今どき珍しい家事手伝いという名目の花嫁修業をしているという。

翔太は言い訳がましく、出会いから順を追って説明した。

それがわたしに対してどれだけ無神経なことなのか、わかっていないのか……。

自分から聞いておいてなんだけれど、もうこれ以上は聞きたくない。

ぐっと目をつむって早く話が終わるのを待った。

「いや、那夕子には悪いと思ってる。だけど、院長の娘との結婚を前にしたら、なぁ？　ほらわかってくれよ。俺もつらいんだって」

出世街道に乗り、若くてかわいい奥さんをもらうことの、どこがつらいの？

思わず口にしかけたけれど、なんだか惨めになりそうでやめた。

でもよく考えてみればすぐに『別れたくない！』と言わなかったわたしも、彼に対しての気持ちが冷めてしまっていたのだろう。

彼との将来を思い描いていた時期もあった。でもそれは、自分でも覚えていないほど昔のことで、わたしたちの関係はもうとっくに終わっていたのかもしれない。

お互いただの惰性でつき合っていた……その結果がこの別れなのだ。

来るべくして来た、そう思うことにした。

しかし、自分の中でそう気持ちの落としどころを見つけたとき、翔太が驚くべきことを口にした。

「那夕子はさぁ、ここで俺が来るのを待っていればいいから。今までとなにも変わらないよ。ただ、やっぱり会える頻度は少なくなるかな」

「……どういうこと？」

まさか……。

翔太の言葉の意味がわからずに——いや、わかりたくなくて——もう一度確認する。

「いや、だから俺たちの関係はこのままだろう？」

「それって、わたしと……不倫関係になるつもりなの？」

「え？　いや、不倫とは違うだろう。もともとつき合っていたのは俺たちなんだから」

それっていったいどこが違うの？

悪びれもしない態度に、わたしは苛立ちを抑えることができずに爆発させた。

「結婚している男性とおつき合いをすることが、不倫以外のなにになるの⁉」

「那夕子？　……どうしたんだよ」

それまで言葉少なく話を聞いていたわたしが急に声を荒らげたせいか、翔太は目を皿のようにして驚いた。

「どうしたって……わからないの？　翔太はわたしに不倫をさせようとしているんだよ？」

「仕方ないだろう。俺と美穂さんの結婚が決まったんだから」

わたしの態度が不満だったのか、吐き捨てるように言う。

「だったら……わたしのことが好きな気持ちが少しでも残っているなら、きっぱり別れてくれるのが、優しさじゃないの？」

そうだろう。申し訳ない気持ちがあるなら、わたしの未来を自由にしてほしい。ずっと先のない関係を続けていくことなんて、わたしにはできない。

「なに言ってるんだ。好きだからこれからも関係を続けたいんだろ！」

そんな自分勝手な言い分が通ると思っているのだろうか。

いや、思っているからこうやってわたしの気持ちも考えずに、ずけずけと物申しているに違いない。

「じゃあ、わたしはどうなるの。ここでずっと翔太のことを待っているだけの人生なの？　結婚も望めない。子供だって産めない……そんな人生、わたしが喜ぶとでも思うわけ？」

「だから、それについてはすまないって——おい、那夕子？」

わたしは翔太がまだ話を続けているにもかかわらず、立ち上がって寝室のクローゼットに向かった。扉を開けて中から大きなボストンバッグを取り出すと、手当たり次第自分の衣類を詰め始めた。

「なにやってるんだよっ！」

後ろから翔太が乱暴にわたしの腕を掴んだ。

それを間髪入れずに、振りほどく。

「出ていくの。わたしはあなたの不倫相手になるつもりはないから」

「だから、俺と那夕子の関係を不倫だなんて言ってほしくない」

なにバカなことを言っているんだろうか。

心底うんざりしたわたしは、思いきり翔太を睨《にら》みつけた。

「じゃあ、都合のいい女だ。でも、わたしは自分の人生が大事だから、もうあなたとはつき合えない。誰にも都合よく使われたくないの。わたしの人生はわたしのものだから」

はっきりと言い切ったわたしを見て、翔太は顔色を変えた。そして怒りの滲《にじ》んだ顔で吐き捨てる。

「わかった、勝手にしろ。でも絶対後悔することになるからな」

そう言うと威嚇《いかく》するように大きな音を立ててドアを閉め、寝室を出ていった。

わたしはただ黙々と荷造りをする。

彼とつき合った二年間がこんな形で幕を下ろすなんて思ってもみなかった。

それなりに楽しい時間もあった。けれどどこかズレを感じていたことも確かで、その小さなほころびがどんどん大きくなって、今回決定的にふたりの間に亀裂が入ったのだ。

そもそも恋人がいるのに別の女性と結婚するような男、別れられることに感謝したいくらいだ。

今までのいい思い出さえもすべて壊してしまうほどの破壊力のあった別れ話。

むしろきっぱりと彼への思いを断ち切れると思えば、よかったのかもしれない。

わたしはボストンバッグに荷物をぎゅうぎゅうに詰めながら、そんなことを考えていた。

しかし本当の地獄はその数日後から始まった。

それから一週間も経たないうちに、翔太と院長の娘さんとの婚約話が院内を席巻《せっけん》した。

ほんの数人ほどわたしたちの交際について知っていた人物に心配されるのを「大丈夫だから」と笑顔でかわす。

まるで腫《は》れ物にさわるような態度に、逆にこちらが気を使ってしまうがそれも数週間だけのこと。

そう思っていたのだけれど……。

彼の『後悔することになる』という言葉を、わたしは甘くみていたのだ。

事態は収まるどころか、思わぬ方向へと動き出した。

わたしがそれを知ったのは、看護師長から呼び出されたときだった。

「そんな、どうして！」

会議室で話を聞いたわたしは、普段職場では出さないほどの大きな声をあげた。

目の前にいる看護師長はわたしがこの病院に入って以来、ずっとお世話になってきた相手だ。いたたまれないといった表情で、ため息をついて話を続けた。

「わたしだって信じているわけじゃないのよ。小沢さんがストーカーだなんて……」

「当たり前です。わたし絶対そんなことしませんから」

悔しさに拳《こぶし》を握りしめて、看護師長に訴えかける。

「わかっているわ。だからわたしや事務長もなにかの間違いじゃないかって必死になって意見したのだけれど、被害者である片野先生が訴えている以上、無視はできないのよ」

翔太は、わたしが彼にストーカー行為をしていると職場に訴えたのだ。

わたしが周囲に自分とつき合っていると嘘を言いふらし、一方的にメールや贈り物を送りつけてきて困っていると言って、それらを証拠として提出したらしい。

そもそも、わたしたちが過ごした恋人としての時間はすべてわたしの妄想で、わたしが彼に恋するあまりにストーカー行為に出たのだと、そう言っているとのことだった。

「そんな嘘、どうして……」

勝手に別の相手と婚約して、わたしたちの関係を壊したのは向こうなのに、どうしてこんな仕打ちまでされなくてはいけないのだろうか。

悔しくて目頭が熱くなる。

しかし泣いてしまっては負けだと思い、なんとか我慢して自分の主張を繰り返す。

「ストーカーは誤解です。わたしたちはきちんとしたおつき合いをしていました」

「そう……あなたがそう言うならきっとそうなのでしょう。でもね、真実がどうだろうとそこは問題じゃないのよ」

「どういう意味ですか？」

正しいことを言っているにもかかわらず、それが重要視されないなんて。

「片野先生はもうすでに、院長のお嬢様との婚約が公になっているわ。だから院長は絶対に片野先生の味方につく。お嬢さんを溺愛しているから、それは間違いないわ」

院長は権威のある優秀な医師だ。彼のもとに全国から多くの医師が師事し、世界的にも注目を浴びている。

しかし、娘の美穂さんのことになるとすっかり父親の顔になってしまうようで、彼女に甘いことは院内でも有名な話だった。

黙り込んだわたしを見て、師長が嘆息を漏らし、「困ったわねぇ」とつぶやいた。

状況がどうにもならないことに対しての言葉だとわかる。

けれども関係のない師長を困らせている原因はわたしにもあるのだ。このままでは問題の解決にはならない。

悔しくて拳をぐっと握り、奥歯を噛みしめる。決意を固めて、わたしは口を開いた。

「わたし、辞めます」

その言葉に師長は、困った顔のままわたしを見た。

「あなたはなにも悪くないのでしょう？　辞めたら後悔することになるわよ。それにわたしたちも困るわ。小沢さんがいなくなると」

「いいえ、このまま続けていてもいずれ噂《うわさ》が広がればいづらくなる一方ですし、わたしの代わりならたくさんいますから」

そう、翔太が別の人を選んだように……。

やり場のない悔しさがこみ上げてきて、目頭が熱くなる。

こんな形で職場から離れなくてはならないことが、残念だ。

看護大学を卒業後、新卒で採用されて六年。大変なこともつらいこともあったけれど、それでもこの仕事も職場も大好きだったのに……。

この話を聞くまでは、翔太に対しては仕方がないという思いも多少あった。

自分も彼に誠心誠意向き合っていたのか、彼を本当に愛していたのかと聞かれれば疑問があったから……負い目というほどではないけれど、怒りというよりも疲れや諦めに似た気持ちが大きかった。

しかし今回のこんなやり方は許せない。

わたしが愛人になることを拒んだのが、そんなに許せなかったのだろうか。

だからといって、わたしを職場にいられなくするなんてひどい。

もしかしてわたしが翔太とのあれこれを婚約者である美穂さんに話して、ふたりの関係に亀裂を入れるとでも思ったのだろうか。

いずれにせよ、翔太の卑怯《ひきょう》なやり方には体の奥底から怒りが湧いてくる。

けれど……ここでわたしが思いの丈をぶつけても、結局わたしは病院を辞めることになるだろう。

それならば結婚を誓い合ったふたりの仲を引き裂いて辞めるよりも、黙ったまま去ったほうが潔い。

そのほうがずっと自分らしい。

決して自らを犠牲にするわけではない。いつまでも過去にとらわれずにさっさと前に向いて歩いていきたい。それがわたしの結論だった。

「師長が引きとめてくださって、うれしかったです。でもこれ以上事態が大きくなる前に、辞めます。今までお世話になりました」

勢いをつけて深く頭を下げたわたしの肩を、師長がいたわるように撫《な》でた。

そのとき初めて、わたしの頬にほろりと涙が伝った。

＊＊＊

「それ、おいしそうね」

急に話しかけられて、はっと現実に引き戻された。

声のしたほうへ振り向くと、そこには車椅子に座った品のいい女性がいた。七十歳手前ぐらいだろうか。

「あの、これですか？」

「そうそう。久しぶりに見たらとても食べたくなったわ。──秋江《あきえ》さん」

「はい」

車椅子を押していた女性が返事をした。こちらの女性は五十代といったところだ。

一見、お姑《しゅうとめ》さんとお嫁さんのように見えるけれど、秋江さんと呼ばれた女性の丁寧な対応を見ていると違うのかもしれない。

「わかりました。少しお待ちくださいね」

そう言ってバッグを持つと、屋台のほうへと歩いていった。

「甘いものお好きなんですか？」

なんとなく……本当になんとなく声をかけた。ちょっとセンチメンタルな気分になっていたので、話し相手が欲しかったのかもしれない。

「ええ。若いころにはたくさん食べたわ。でも……この歳になるとあまり食べたいものもなくてね」

少し寂しそうだ。

「たい焼き、おいしいですよ。皮はパリッとしてあんこがたくさん入っていて、少しするとしんなりしてきて、そこもまたおいしいです」

「あら、楽しみだわ！　秋江さんが戻ってきたら、一緒に食べてくださる？」

「はい、こちらこそお願いします。ひとりで寂しかったんです」

最後の言葉は本音だ。

「うふふ、こんなところで……あっ……っう……」

それまで笑顔で話をしていた女性が、急に胸を押さえて苦しみ始めた。

みるみるうちに顔が青くなり、前傾姿勢になる。車椅子から落ちてしまいそうだ。

「どうかなさいましたか？」

様子の急変にベンチから立ち上がり、女性に駆け寄る。

「ん、あ……」

苦しそうに眉根を寄せて、呼吸も荒い。

わたしは女性の腕を取りバイタルの確認をしながら、秋江さんと呼ばれた女性のほうを見る。するとちょうどたい焼きを買い終え、こちらを振り向いたところだった。

「お、奥様っ！」

彼女は手に持っていた包みをその場にボトンと落とすと、すぐにこちらに走ってきた。

「お話をしていたら急に苦しみ出して、持病がおありですか？」

「ええ……心臓が……あぁ、どうしましょう」

秋江さんは、女性の姿を見てパニックを起こしているようだ。

「すぐに救急車を呼んでください」

わたしの言葉にうなずくと、秋江さんはバッグから携帯電話を取り出してかけ始めた。

「大丈夫ですからね。落ち着いてくださいね」

脈を取ろうとして腕を持っていたわたしの手を、女性が強く握りしめる。少しでも苦しみが紛れるようにと、その手に自分の手を重ねて励ます。

「もうすぐ救急車が来ます。わたし看護師なんですよ。だから大丈夫ですから」

大丈夫とは言ったけれど、本当はわたしだってこんな状態の患者さんにひとりで対処するのは怖い。しかしわたしは看護師なのだ。できる限りのことはしたい。

背中をさすり、声をかけていると、車椅子にかけてあったバッグから『三島紀念病院』と書かれた薬の袋が見えた。すぐに手に取り、中身を確認する。

「これ……」

心臓病の薬だった。どうやら女性は狭心症を患《わずら》っているらしい。

一緒にあった薬剤情報の用紙を確認して、一粒取り出し女性の口元に持っていく。

「これを舌の下で溶かしてください。落ち着いてゆっくり」

女性が小さく口を開けたのを見て、わたしは彼女の舌下に薬を差し入れた。

ちゃんと薬が効けば一、二分でよくなるはず。

わたしは腕時計を確認しながら彼女の様子を窺《うかが》う。

「救急車、すぐに来るそうです」

「わかりました。とりあえず、バッグにあったお薬を飲んでもらっています。これで症状がおさまるといいんですが」

「あの……わたし、奥様のご病気のことはよくわからなくて……」

オロオロとする秋江さんを「大丈夫ですから」となだめてから、川久保《かつくぼ》豊美《とよみ》さん……薬の袋に記されていた名前を見て、声をかける。

「川久保さん、いかがですか？　すぐに救急車が来ますからね」

「はぁ……はぁ、すみません……」

幾分呼吸が楽になったのか、言葉を発する様子を見てわたしはほっと胸を撫で下ろした。

よかった……薬がちゃんと効いたみたいで。

「念のため、救急車で病院に向かいましょうね」

わたしの声に、川久保さんはゆっくりとうなずいた。

遠くから救急車のサイレンの音が聞こえる。

状況を心配そうに見ていた、たい焼き屋のおじさんが、かぶっていた帽子を脱いで大きく振ってくれたおかげで、救急車はスムーズに場所を特定できたようだ。

「こちらが患者さんですか？」

「はい。午後六時過ぎに急に苦しみ出しまして……それから五分後に薬の存在に気がついてこちらを服用しました」

薬の袋を救急隊員に渡す。多くの情報が記載されているので役立つだろう。

それからバイタルや経過について説明する。

すぐに搬送先の病院が決まったのか川久保さんはストレッチャーに乗せられ、そのまま救急車内に運ばれた。

その様子をひと息つきながら見送っていると、秋江さんに手を引かれた。

「わたしひとりでは……とても……すみませんが、同乗していただいてよろしいでしょうか？」

「いえ、でもわたしは――」

ただの通りすがりの他人だ。状況の説明はすでにしたけれど……。

「早くしてください」

中から救急隊員に急かされて、秋江さんはわたしの手を引いて歩き出した。

「後生ですから助けると思って！　お願いします」

頼み込まれてしまい、これ以上救急車を止めておくこともできないと判断したわたしは、救急車に同乗することにした。

そして車内で搬送先が三島紀念病院だと聞いて呆然《ぼうぜん》とする。

つい先ほど二度と訪れないだろうと思っていた病院に、早くも戻ることになるとは……。

想定外のことに戸惑いながらも、今は川久保さんの容態がよくなることだけを願った。

救急車が三島紀念病院に到着すると、川久保さんはすぐに院内へと運び込まれた。

「ご家族の方ですか？　状況の説明を……って、え？」

救急担当の看護師がわたしの顔を見て目を見開いた。

「あれ、小沢さんどうして……？」

「色々あってね、とりあえず川久保さん、うちの患者さんみたいなの。心臓……薬から判断しておそらく狭心症で通院されてるようだから、カルテ出して担当の先生が残っていれば呼び出したほうがいいと思う」

「わかった」

わかる範囲で状況を伝えると、オロオロと手続きをしている秋江さんに付き添った。

秋江さんは看護師に渡されたバインダーに個人情報を書き入れると、携帯電話で電話をかけ始めた。おそらく川久保さんの家族に連絡を入れているのだろう。

そのとき、救急の処置室に運び込まれた川久保さんのところに三島院長が駆けつけている姿が見えて、とっさに陰に隠れた。

別に悪いことをしたわけではないけれど、あの噂がすでに院長の耳に入っているならば、顔を合わせないほうがいい。

搬送されて一時間が経とうとするころ、秋江さんのもとにひとりの長身の男性が駆け寄った。

スーツに身を包んだ男性は、額に浮かべた汗を拭うことなく尋ねる。

「おばあ様は？」

「今、あちらのほうへ……」

秋江さんが処置室を指さすと、すぐにそちらに向かおうとした。

その彼を止める。

「おそらく今は中に入れてもらえないと思いますよ。しばらくしてからのほうがいいです」

おせっかいにも声をかけたわたしに、彼が向き直る。

「あの、あなたは？」

「え、あ……」

怖いくらいに真剣な男性の表情を見て、一瞬言葉に詰まる。

「あ、失礼しました。川久保尊《たける》と申します。運ばれたのは僕の祖母なんです」

「そうでしたか。わたしは川久保さんが体調を崩されたときに偶然居合わせただけなんですが」

「尊様、こちらの方が奥様を助けてくださったんです。わたしひとりではとても対応できませんでした」

それまで話を聞いていた秋江さんが、安堵したのか涙まじりに説明してくれた。

「そうだったんですね。ありがとうございます」

深くお辞儀をした彼の表情は固いままだったが、感謝の色が見て取れた。

「いえ、おばあ様はお薬を服用された後、落ち着いた様子でした。ですので少しリラックスなさってください」

患者さんの家族には気休めにしかならない。しかし少しでも気持ちを落ち着けてもらいたくて言葉をかけた。

「川久保様のご家族の方」

そうこうしているうちに処置室から看護師が出てきた。

「はい。私です」

「医師より説明がありますので、こちらにどうぞ」

足早に中に入っていく彼を見て、わたしはソファに座り込んでいる秋江さんに声をかけた。

「では、わたしはこれで」

「え、あの。お礼を――」

「いえ、気にしないでください。川久保さんにお大事にとお伝えください」

「でもっ……」

まだ続けようとしている秋江さんの言葉を遮るように、わたしはくるりと踵《きびす》を返すと出口に向かって歩き始めた。

患者さんを無事引き渡したのだ。いつまでも病院にとどまるわけにはいかない。

ここにはわたしに会いたくない人や、わたしが会いたくない人たちがいるのだから。

救急の出口から外に出ると、とっぷりと日が暮れていた。

本当に色々なことがあった一日だと振り返る。しんみりしていた気持ちはもうどこかにいってしまっていた。

川久保さん、早く元気になるといいな。

「あっ……たい焼き」

ぽそっとつぶやいた言葉があまりにもくだらなくて、思わず笑ってしまった。

しかしわたしの笑顔は、次の瞬間に消える。わたしの行く手に、翔太が立っていたのだ。すでに私服ということは、今日の勤務は終えて帰るところらしい。

「俺のことを待っていたんだろう、会わずに帰るのか?」

いったいなにを言っているのだろう。思い上がりも甚《はなは》だしい。

そう思ったものの、言葉にはせずに——顔には出ていたかもしれないけれど——できるだけ冷静にふるまった。

「安心して、あなたに会いに来たわけじゃないから。少し用事があっただけ」

ふたりで話しているところを職員の誰かに見られたら、変な噂が立ってしまうかもしれない。女性の多い職場なので、この手の話は光の速さよりも早く伝わる。

もう辞めたのだからどうでもいいとも思うけれど、それでも根も葉もない噂話で傷つく人もいると思うと、やはりさっさとこの場から離れたほうが賢明だ。

翔太の横を通り過ぎようとしたとき、ぐいっと腕を掴まれた。

「痛いっ」

思いきり掴まれて、思わず痛みで顔をゆがめる。

「強がるのも、たいがいにしろよ。そういうところがかわいくないんだ」

「離して、なに言って……痛い」

さらに腕に力を込められた。彼の顔には怖いくらいの怒りが表れている。

「いい加減、俺がいないとダメだって認めろ。仕事も家もない、そんな状態で、どうするんだ」

こういう状況に追い込んだ張本人がよく言う。ますます彼の言葉に反感を抱いた。

わたしは絶対に彼に屈しないと、思いきり睨みつけた。

「何度も言ってるけれど、わたしはあなたとよりを戻すつもりはないの」

「戻すもなにも、俺たち別れていないだろう？」

翔太はきっぱりと言い切った。顔を見るとどうやら本気らしい。

「いったい、どういうつもり？」

呆《あき》れて言葉が続かない。今までわたしが話してきた言葉は、彼に届いていなかったのだろうか。

つき合っているときは気がつかなかったが、こんなに話の通じない人だったとは、嫌悪感しか湧いてこない。

「もう、話もしたくない。顔も見たくないのよ」

「なんだその態度は」

逆上した翔太が怒りに満ちた顔で怒号をあげる。思わず縮こまったわたしは目をつむる。

怖いっ……。

「なにをしているんですかっ！」

突如男性の声がその場に響き、はっと目を開く。すると大きな背中にかばわれていることに気がついた。

わずかに見えた横顔で、その人物が川久保さんのお孫さんだということがわかった。彼の背中越しに翔太の顔が見えた。醜悪な顔をして、邪魔をした川久保さんを睨みつけている。

「そいつは俺の女だ。他人が首を突っ込むことじゃない」

不気味な笑いを浮かべた翔太は、一歩踏み出しわたしに手を伸ばした。

「いやっ」

「やめなさい。どう見ても嫌がっているだろう」

「だからお前には関係ない――」

「彼女は祖母の恩人です。これ以上彼女につきまとうなら、こちらも手段を選びませんよ。片野先生」

どうして……翔太の名前を？

不思議に思ったのは、わたしだけではなかったようだ。

「俺の名前を？　お前はいったい……」

翔太の顔色が途端に変わった。

「有名ですからね。三島紀念病院のお嬢様と婚約されたと伺いましたが、違いましたか？」

「そ、それは……」

婚約の話を持ち出されて、翔太はあからさまにうろたえていた。

どうして彼はそんなことまで知っているのだろう。病院関係者なら、翔太かわたしのどちらかが、彼の顔を知っていてもおかしくないはずだ。しかしまったく心当たりがない。

「婚約者の方が今のあなたをご覧になったら、悲しむんじゃないですか？」

川久保さんの言葉にそれ以上なにも言えなくなったのか、翔太は怒りを滲ませた目で川久保さんとその後ろに隠れているわたしをギロリと睨みつけた。

「……また連絡する」

そう吐き捨てると、翔太はその場を足早に去った。

しばらくその背中を見ていたが、彼の姿が完全に視界から消えた途端、わたしはへなへなと座り込んでしまいそうになる。

「おっと危ない」

川久保さんの大きな頼りがいのある腕が、とっさにわたしを支えてくれた。

「……すみません」

足を踏ん張って自分の力で立つと、彼が心配そうにわたしの顔を覗き込んだ。

「大丈夫ですか？　ずいぶんしつこくされていたようですけれど」

「お見苦しいところをお見せしまして、申し訳ありません」

謝るわたしに彼は柔らかい笑顔を見せた。

「あなたが謝る必要はないでしょう。被害者なんだから」

「いえ、わたしにも原因がありますから」

あんな男とつき合ったのは自分だ。見る目のなかったわたしにも責任がある。

「そんなふうには見えませんでしたけど。あなたは自分を責めすぎじゃないのかな？」

そう言われて、びっくりしたと同時にどこかほっとした。

どうしてあんな男とつき合ってしまったのか？　本性を見抜くことができなかったのか？　別れ話が出てからずっと自分自身を責めてきた。

それが間違っているとは思わないけれど、誰かに〝わたしは悪くない〟と言ってもらいたかったのかもしれない。

「そうでしょうか？」

「そうですよ」

優しい声で断定されると、ふと体の緊張がとけて、頬が緩み笑顔になった。

一瞬、川久保さんの目が驚いたように軽く見開かれて、それから彼は笑みを浮かべた。

「笑っているほうが、かわいいです」

かわいいって……わたしが？

その眩《まぶ》しいくらいの彼の笑顔を直視できず、わたしは顔を赤くして目を背けた。

そんな恥ずかしくなるようなことを、さらっと言うなんて。

このときわたしは、川久保さんが誰もが目を引かれるほど整った容姿をしていることに初めて気がついた。それまでは、早く病院から出ることだけを考えていたのだ。

逸らした目を、おもむろに彼に向ける。

背がすらっと高いけれどしっかりとした体つきで、背中にかばわれたとき、守られている安心感があった。声も落ち着いたバリトンで耳に心地いい。

それに加え、驚くほどの甘いマスクにはため息が漏れそうだった。形の整った眉に、アーモンド型の澄んだ瞳。少し口角の上がった品のよい薄い唇。どこをとっても完璧としか言いようのない顔立ちだ。

「どうかしましたか？」

思わず見とれてしまっていたわたしの顔を、彼が不思議そうに見つめてきた。

「いえ、なんでもありません」

よかった、夜で。

昼間ならこの赤い顔を見られるところだった。

「本当に大丈夫なんですか？　もし気分が悪いようなら――」

――ぐーっ。

うそ、でしょ？　まさかこんなときに。

盛大に鳴ったおなかの音が、自分でも信じられない。恨もうにも自分のしでかしたことだ。

「す、すみません。安心したせいか、急におなかが……」

そう言い訳じみたことを言っている間にも、きゅるきゅるとおなかが鳴る。

もう、どういうこと！　静まれっ！

心の中で腹の虫に八つ当たりをしていると、頭上からクスクスという笑い声が聞こえた。

顔を上げると、川久保さんが口元を押さえて必死に笑いを噛み殺していた。

「すみませ……ん。……っ、ふははは」

しかし結局我慢できずに吹き出してしまう。

ああ、恥ずかしい。穴を掘って潜り込んでしまいたい。

いたたまれなくなったわたしは、その場を離れようと彼に頭を下げた。

「と、いうことですので、わたしはこれで失礼します。助けていただいてありがとうございました！」

恥ずかしさに耐えきれずに脱兎《だっと》のごとく逃げ出そうとしたのに、それはあっけなく阻まれてしまう。歩き出そうとしたわたしの手を、彼が掴んだのだ。

「待ってください。祖母の命の恩人を、空腹で帰すわけにはいきません。食事に行きましょう」

「え？　そんな……お気遣いいただかなくて結構ですから」

人として、看護師として当り前のことをしただけだ。

「今あなたを帰したら、僕が祖母に怒られてしまう。ああ見えてめちゃくちゃ怖いんですよ」

ずいぶん立派で紳士な川久保さんが、品のよさそうなおばあ様に怒られている姿を想像して、思わず笑いそうになってしまった。

「つき合ってくれますよね？」

いたずらっ子が遊びに誘うような態度に、わたしは思わずうなずいていた。

「じゃあ、わたしの行きたいところでいいですか？」

「もちろん」

川久保さんの笑顔がやっぱり素敵すぎて、直視できずに顔を逸らした。

そしてそのままわたしたちは、駅の方角へと歩き始めた。


それから数分後。

「たしかに、あなたの行きたいところでいいとは言いましたが……」

川久保さんとわたしが並んで座っているのは、狭いラーメン屋さんのカウンターだった。

「実はここ、ずっと来たいと思っていたんですよ。いつも待っている人がたくさんいて。今日はすぐに入れてラッキーでしたね」

出されたおしぼりで手を拭きながら、壁にかけてあるメニューを見てお互いオーダーを済ませた。

「いや、あのしかし、こんなところでいいのですか？　僕はもっとちゃんとした店で――」

――ゴホン。

川久保さんの声を遮ったのは、カウンターの中で作業をしている店主だ。

彼自身、店を悪く言うつもりはなかったのだろうけれど、ふたりで小さく頭を下げて謝罪した。

そりゃそうだ。店主にとっては自慢の店だもの。

チラリと隣を見ると、川久保さんも居心地が悪そうな顔をして頭をかいていた。

彼がこちらを向いてお互いの目が合う。「まいったな」と小さな声でつぶやいた彼の表情がなんだかおかしくて、わたしはぷっと吹き出してしまった。

我慢しようと思い、口元に手を当ててこらえた。けれどこみ上げてくる笑いはどうしようもなく肩を震わせていたら、それを見た川久保さんも同じように吹き出した。

お互い笑いをなんとか収めたのに、また目が合うと笑い出してしまい……もうなにがそんなにおかしかったのかわからない。

「はい、お待たせしました。ちゃんとした店のラーメンです」

そんなわたしたちの前に、ドンッとラーメン鉢が置かれた。

怒らせてしまった店主の様子を窺おうと、おそるおそる顔を上げると、バチッと目が合った。

いかめしい顔をしている店主に、どうしようかと思った瞬間、ニコッと笑ってパチンとウィンクされた。

思わずぽかんとしたわたしと川久保さんだったが、「どうぞ、おいしいから早く食べて」という店主の言葉に、またもやふたりで声をあげて笑った。

「いただきます！」

同じタイミングで手を合わせたわたしと川久保さんに、店主は満面の笑みで「ごゆっくり、どうぞ」と言って、奥にあるコンロのほうへと移動した。

目の前にあるラーメン鉢からは、湯気とともにいい香りが漂ってくる。

この店のラーメンは尾道《おのみち》ラーメンで、醤油ベースのスープに背脂が浮かんでいる。麺は少し太めだ。

見ているだけでもまたもやおなかが鳴りそうになり、さっそく食べ始めた。

「ん～おいしい」

思わずうなってしまったわたしの声に、川久保さんも同意した。

「ほんと、これは失礼な発言をもう一度、謝らないといけないいな」

うんうんと激しくうなずくと、川久保さんはにっこり笑ってそれから思いきり麺を啜《すす》った。

ネクタイが汚れないように肩にかけて、夢中で食べている姿に自然と顔がほころぶ。

イケメンもラーメンを食べるときは普通なんだな、と、そんな彼の飾らない姿に好感度がぐっと上がった。

たったそれだけのことなのに、なぜだかすごく幸せな気分でラーメンを食べた。


「ごちそう様でした。おいしかったです」

「本当においしかったです。最初の失礼な発言は忘れてください」

食べ終わって会計をするときに店主にもう一度謝罪した。

きちんと頭を下げる川久保さんに合わせて、わたしも頭を下げる。

「気にせずに、またふたりでいらしてください」

「はい。ぜひ」

川久保さんはそう答えたけれど、きっとそんな機会はないだろう。川久保さんとわたしが会うことはもうないのだから。

店主の「ありがとうございました」という言葉に見送られながら、わたしたちはのれんをくぐって外に出た。

暖かかった店内から外に出ると、肌寒さに体を震わせた。コートの前を合わせてから、川久保さんに向き直る。

「お言葉に甘えて、ごちそうになりました」

「いえ、僕も思いがけずうまいラーメン屋を発見できてよかったです。昔この辺りをよく営業で回っていたんですけど、全然気がつかなかった」

どちらからともなく駅に向かう。

ラーメンの感想について話をしているうちに、あっという間に駅前に着き、足を止めた。

「おばあ様、早くよくなるといいですね」

「ええ、あなたのおかげで大事に至りませんでした。僕が面会したときは意識もはっきりしていたから。しばらく入院をして経過観察をするということです。本当にありがとうございます」

川久保さんはきちんと頭を下げ、わたしに感謝の意を伝えた。

「当然のことをしただけですから気にしないでください。では、わたしはこれで」

会釈だけしてその場を去ろうとしたわたしの手を、川久保さんが掴んだ。

「えっ？」

驚いたわたしは、川久保さんの顔を見た。

彼は真剣な眼差しを向けていた。先ほどまでの和やかさは陰をひそめ、急に訪れたシリアスな雰囲気に戸惑ってしまう。

彼はわたしの手をそっと離すと、まっすぐに見据えてきた。

「まだ、名前を聞いていません。それにもう一度——お礼をしなくては」

「おいしいラーメンをごちそうしていただいて、お礼は十分にいただきました。片野先生からも助けてもらいましたし。あのままひとりで帰っていたら、きっと色々と考え込んで落ち込んでいたと思います」

今日会ったばかりの人だけれど、本当に楽しかった。

わたしの言葉に、川久保さんは「そうですか」とだけ短く答えた。

その言葉に寂しさが含まれていると感じたのは、多分わたしの勘違いだ。

「だったら、名前だけでも。あなたの名前を知りたいです」

それになんの意味があるのだろうかと思う。だから教えてしまってもいい。

けれどわたしのことをまったく知らない相手だからこそ、気を使わずに楽しい時間が過ごせたようにも思える。

元カレとのいざこざなんてかっこ悪いところを見られてしまった後も、肩肘張らずに話ができた。

その距離感が心地よかった。傷つけられない距離がちょうどよかった。

だからわたしは、ゆっくりと顔を左右に振った。

「そうですか、すみません。呼び止めてしまって」

川久保さんもそれ以上はなにも言ってこなかった。彼の紳士的なふるまいにわたしは笑みを浮かべた。

「では、失礼します」

「また、いつかどこかで」

にっこりと笑った。

ふたりで交わした言葉が風に舞う。

わたしは笑顔でうなずくと、駅の改札に向かって歩き出した。

パスケースを取り出し、改札にタッチする寸前に、もう一度後ろを振り返った。

川久保さんはさっき別れた場所で、じっとこちらを見ていた。わたしが振り返ったのに気がつくと、大きく手を振って声をあげた。

「また、絶対会いましょう！」

見るからに極上の男性が、子供のように大きな声を出す姿に、周りにいた人は何事かとチラチラと彼を見ている。

しかし当の本人はまったく気にする様子もなく、笑顔のままわたしへ向かって手を振っていた。

なんだかその様子に胸が温かくなった。そして思わず笑いを漏らしてしまった。

そしてそんな彼にわたしも大きく手を振る。

彼の笑みがより深くなった。

それを見たわたしは、踵を返すと振り返らずに改札を抜けた。

ホームで電車を待つ間、さっきの光景を思い出して、またひとりでクスクス笑う。

きっとわたしも周りから変な人だと思われているに違いない。

もう二度と会うことはない人。

それでも彼がわたしの傷ついた心を癒やしてくれたのは確かだった。

大丈夫、わたしは元気だ。

ホームに入ってきた電車のガラスに映ったわたしの顔は、思っていたよりもずっと笑顔だった。

「はぁ……高いなぁ」

三軒目の不動産屋から出てきたわたしは、大きなため息をついて肩を落とした。

翔太と別れると決めてから新しい部屋を探そうとすぐに動き始めたが、実際は仕事が忙しくウィークリーマンションに滞在していた。

いつまでもそこで暮らすわけにもいかず、一日中不動産屋巡りをしているのだが、ネットで目星をつけていた部屋はすでに別の人が契約していたり、実際に訪れてみると周りの環境がよくなかったりして、なかなかいい部屋が見つからない。

不動産屋さんからもう少し予算を上げるべきだと言われたけれど、すでに無職のわたしが贅沢なんてできるはずもなく……。かといって長く住むところだから、安易に妥協もできず。

仕事を見つけるのが先だろうか。職場に通いやすい場所に部屋を借りたほうが、なにかと効率がいい。

わたしは不動産屋からハローワークへと目的地を変更して歩き出した。

そのときバッグの中でスマートフォンが震えているのに気がつく。取り出して画面を確認すると、三島紀念病院からだった。

なんだろう。引き継ぎになにか不備があったのだろうか。退職まで日がなくて細かい引き継ぎはできなかった。不足部分や注意点は文書にまとめたのだけれど、それでは不十分だったのかもしれない。

急いで通話ボタンを押すと、看護師長の少し高い声が聞こえた。

《あっ、小沢さん。今少し時間あるかしら？》

「はい、大丈夫ですよ。なにか問題がありましたか？」

通行人の邪魔にならないように歩道の端に移動した。

《患者さんのことで、少し聞きたいことがあるの。大切なことだから直接会って話をしたいのだけれど》

「ええ、かまいません。患者さんのお名前は？」

《それは会ってから話をするわ。早いほうがいいのだけれど、今日は無理かしら？》

そこまで急いでいるということは、大切な話に違いない。

目の前、すぐそこには目的地であるハローワークが見えている。

「わかりました。今外なので、すぐに向かいます」

今ハローワークに向かっても、きっと電話の内容が気になって集中して話を聞くことができないだろう。

わたしは踵を返すと、小走りで駅に向かった。


まさかこんなに早く、この場所に戻ってくるとは思ってもみなかった……。

三島紀念病院の裏口で立ち止まり、ぐるりと周囲を見渡した。

退職してから一週間とちょっとしか経っていない。あの日はここに二度と来ないと思っていたのに、豊美さんの件を含めて、こんなに何度も顔を出すことになるなんて。

豊美さんの様子も気になっていた。看護師長との話が終わったら、お見舞いに行ってみよう。

そんなことを考えながら、通用口をくぐる。

何人かの看護師はわたしに気がついて「あら」と声をかけてきた。適当に挨拶を交わしながら、電話で応接室へ来るようにと言われていたので、直接向かう。

ノックをするとすぐに中から返事があった。「失礼します」と声をかけ、扉を開けた瞬間、思いもよらない人がいて驚いて目を剥《む》いた。

「え、か、川久保さん‼」

見るからに高級そうなスーツを着た川久保さんが、長い足を持て余すように組んでソファに座っている。

「待ってましたよ、小沢那夕子さん」

川久保さんはにっこりと微笑んで、教えていないわたしのフルネームを呼んだ。

「どうして……」

扉を開けたまま突っ立っているわたしに、看護師長が川久保さんの前にあるソファに座るようにと促した。

「ごめんなさいね、急に呼び出してしまって」

「いえ」

看護師長の言葉に短く返事をして、とりあえず頭の中を整理する。彼がここにいるということは、看護師長がわたしを呼び出した理由は彼に頼まれたからだろう。

しかし患者さんの家族との個人的なやりとりを、病院側である看護師長が勧めるなんてどういうことだろう。

色々考えて思わず訝《いぶか》しげな視線を彼に向けてしまった。

看護師長がそれに気がついたのか、いきさつの説明を始めた。

「昨日、川久保様が退院されてね。その際に、小沢さんの話になったのよ」

「そうなんですか。退院なさったのですね。おめでとうございます」

川久保さんはわたしの言葉に笑みを浮かべる。

「ありがとうございます。今は自宅で静養しています」

彼の様子を見て、大事には至らず経過も良好なのだと思い、ほっとした。

「それで、折り入って話があるんです」

改めて姿勢を正した川久保さんが、真剣な顔でわたしをまっすぐ見る。自然とわたしの背筋もピンと伸びた。

「祖母がどうしても、あなたに直接お礼を言いたいとだだをこねてるんですよ。どうかその願いを叶《かな》えてくれないでしょうか？」

わざわざわたしを呼び出して頭を下げることまでしなくても……と思ってしまう。

「あの、先日も申し上げましたけれど、わたしは当然のことをしたまでで、特別感謝いただくことではないんです。お気持ちだけ――」

「もう、そう長くはないと思うんです」

「えっ……」

彼の顔を見ると、そっと目を伏せていた。

そんな……、それって……。

わたしの隣に座る看護師長に視線を移すが、なにも言ってくれない。患者の個人情報だ。さすがに部外者になったわたしには言えないのだ。

「祖母にはとても世話になっているんです。なかなか恩返しすることができずにここまできてしまったので、祖母の願いはなんでも叶えてあげたいのです」

切実な思いが伝わってくる。

思わず田舎に住む自分の祖父母を思い出した。歳のわりには元気なほうだったが、いつ体調を崩すかわからない。そんなときになにかお願いをされたら、やはり彼のように叶えてあげたいと思うに違いない。

別に難しいことではない。今は仕事もしていないし、時間も比較的自由になる。

「わかりました。わたしもおばあ様がまだ病院にいらっしゃったら病室にお見舞いに伺うつもりだったので、お会いできることになってうれしいです」

「ありがとうございます」

さっきまでの思い詰めた表情がふんわりと緩んだ。口元にかすかに湛《たた》えた笑みから、控えめだけれど、うれしさが伝わってきた。

つられてわたしも笑顔になる。

「では、さっそく行きましょうか？」

「えっ⁉　今からですか？」

川久保さんはすでに立ち上がっていた。

「はい。善は急げと言いますから。小沢さんはこの後、お時間大丈夫ですか？」

「ええ。まあ」

たしかに、お見舞いに行こうと思っていたとは伝えたけれど、まさか今日、今すぐとは思っていなかった。

「なにか不都合でもありますか？」

途端に眉尻を下げて残念そうな顔をされる。そんな顔をされると断りたくても断れない。

「いいえ、大丈夫です」

このチャンスを逃せば、次にいつ行けるのかわからない。先方の都合も考えて、わたしは今日向かうほうがよいと判断した。

「では、まいりましょう」

にっこりと微笑まれて、手を差し出された。

これって、わたしに？

彼の手をどう扱っていいのかわからずに、答えを求めるようにして彼を見た。

川久保さんはにっこりと笑いながら、小さくうなずく。そしてもう一度わたしに手を差し出した。

わたしが彼の手に自分の手をのせると、彼は軽く握って立ち上がらせてくれた。

「あ、ありがとうございます」

「どういたしまして」

立ち上がってすぐに、彼の手を離す。

いまだかつて男性にこんな丁寧な扱いをされたことがないのだから、少しくらい挙動不審でも許してほしい。

なんかこれって、恥ずかしいかも。

というのも看護師長の視線を、痛いほど感じていたからだ。チラッと彼女に視線を向けると、気まずそうに見て見ぬふりをした。

そんな看護師長の態度に気づいているはずなのに、川久保さんはまったく気にとめる様子もない。

「師長さん、助かりました」

「いえ、お役に立ててよかったです。小沢さんも、たまには顔を見せてね」

彼女は優しく笑うと、わたしたちを応接室の外まで見送ってくれた。

病院の近くでお見舞いの品を調達して、病院裏口で待っていると一台のシルバーの高級車が止まる。

助手席のパワーウィンドウがゆっくりと下ろされて、中から川久保さんが顔を覗かせた。

「乗ってください」

一度も乗ったことのないような高級車をぼーっと見ていたわたしに、彼が中から助手席のドアを開けてくれた。

「ありがとうございます」

「いや。無理を言って来てもらうのはこちらのほうですから。シートベルト締めてください」

「はい、わかりました。これ、お見舞いに買ったんですけれど、おばあ様喜んでくれるでしょうか?」

川久保さんに袋の中を見せる。

彼が微笑んだのを見てほっと安心した。

「気を使わせてしまってすみません。こちらが無理を言ったのに」

川久保さんは車をゆっくりと発進させた。

高級車というのもあるだろうけれど、彼の運転はとても穏やかで、それさえも彼の人柄を表しているように感じた。

ついこの間までは出会ってもいなかった相手の運転する車に乗っているなんて、なんだが不思議。

チラリと運転をする彼の横顔を盗み見ながら、ふとそんなことを考えていた。

病院を出て十五分くらいすると、車は閑静な住宅街に入っていった。

都内でも有名な場所で、辺りには大きな家が立ち並んでいる。どのお宅も素晴らしく、思わず目を奪われていると、その中でもひときわ大きな家――いや、屋敷の前で車が速度を落とした。

川久保さんが車内からリモコンを操作すると、門が自動でゆっくりと開いた。その中に車を入れる。

はぁ……すごい。

ぽかんと口を開けたままその様子を見ていたわたしに「着きましたよ」と彼が声をかけてきて、はっと我に返る。

もたもたとシートベルトを外しているうちに、助手席側に回った川久保さんがドアを開けて待っていてくれた。

「ありがとうございます」

「いえ、どういたしまして」

先ほどから続く丁寧な扱いにやっぱり慣れずに、ぎくしゃくしてしまう。

しかしそんなわたしの様子を気にとめることなく手を差し出して、わたしが降りるのを手助けしてくれた。

「さあ、こちらです」

そっと背中を押されて、先を促される。

スマートな女性の扱い方に、きっとモテるんだろうな、とか考えてしまう。

いったいいなに考えてるの？　ここに来たのはお見舞いのためなのに、なんで川久保さんのこと気にしてしまってるの⁉

こんなふうに知り合ったばかりの人について考えることって今までなかったのに、なんだか川久保さんといると色々調子が狂ってしまう。

ぐるぐるとどうでもいいことを考えていたわたしだったが、石造りの洋館に一歩足を踏み入れて目を見開いた。

なんなの、これ？

ぽかんと口を開けて、ぐるりと見渡した。かなり間抜けな顔になっているのはわかっていたが、その豪華さにこの顔以外しようがなかった。

玄関は吹き抜けのホールのような造りになっていた。赤い絨毯《じゅうたん》の先には長い階段が続いており、明治時代にタイムスリップしたかのような気持ちになる。

壁には立派な額に縁どられた大きな絵画が飾られ、より高級感を醸し出している。家具や花瓶なども手入れが行き届いており、素人のわたしが見ても高級なアンティークものだということがわかった。

これって本当に、個人のお宅なの？　まるで物語の中に迷い込んだような気持ちだ。豪奢《ごうしゃ》な雰囲気にあっけにとられてしまう。

「古くて驚いたでしょう？」

「い、いえ！」

あまりにもジロジロと見すぎていて、誤解を与えたのだろうか。

わたしは慌てて、目の前で両手を振って否定する。

「中は住みやすいようにリフォームしているから、そこまで不便はないんだけどね。祖母が思い出の詰まったこの家を大切にしているんだ」

「素敵ですね」

部屋に飾られているなにもかもが、大切にされてきたのだろう。どれも長い間愛されてきたのがわかる。見ているとそう思えた。

「さっそくですが、祖母がお待ちかねです」

わたしを車に乗せる前に連絡を入れておいたのだと説明された。

深紅の絨毯を歩きホールを抜ける。先に長い廊下があり、突き当りの窓からは日が燦々《さんさん》と差し込んでいた。

なんだかうっかり自分にそぐわない場所に来てしまったような気がして、落ち着かない。

目の前の重厚なドアをノックしながら、川久保さんが中に向かって声をかけた。

「おばあ様、尊です。小沢さんをお連れしました」

「入りなさい」

彼がゆっくりと扉を開け、わたしの背中をそっと押して中へと促してくれた。

どうやらここは応接室ではなく、おばあ様の私室のようだ。部屋の奥には大きなベッドが置かれていて、飾り棚にはアンティークドールが飾ってある。

中へ入ると、ソファに座っていたおばあ様が立ち上がってこちらに歩いてきた。

その足取りはゆっくりだがしっかりしていて、血色もよい。

目の前にやってきたおばあ様に両手をぎゅっと握られた。

「うれしいわ。さあ、お座りになって」

ソファに座るように言われて、川久保さんをチラッと見ると笑顔でうなずいた。

それに後押しされ、わたしは言われた通りにソファまで移動した。そしてそのときになって、やっと手に持っていた紙袋の中身を思い出してはっとする。

どうしてこんなもの買っちゃったんだろう。驚くほどの立派なおうちの主である方に、こんなお見舞いの品を持ってくるなんて間抜けすぎる。

少し考えればわかることだ。川久保さんの身なりや車、おばあ様にお手伝いさんがついていたこと……それらを総合すれば、ずいぶんと裕福な方だというのは、簡単に想像ができたのに。

「どうかなさったの?」

おばあ様の問いかけに、目が泳いでしまう。

ああ、どうしよう。せっかく買ったのだから渡すべき? 失礼にならない? いや、手ぶらでお見舞いとかどうなの?

いろんな考えがぐるぐると回る。おばあ様がわたしの焦りに気がついたのか、不思議そうな表情をこちらに向けてきていた。

えい、ままよ！

わたしは手に持っていた紙袋を、ぐいっと前に差し出した。

「あの！　これお見舞いです。あの日食べられなかったから」

紙袋を受け取ったおばあ様が、中身を確認する。

「あら、たい焼き！　いいわね。あの日食べ損ねて、残念に思っていたのよ。さっそくいただきましょう。秋江さーん！」

呼ばれて中に入ってきた秋江さんは、わたしの顔を見ると笑顔になり、会釈をしてくれた。わたしも慌てて頭を下げる。

「秋江さん、那夕子さんがたい焼きを買ってきてくれたのよ。お茶を淹《い》れてくださる？」

「はい、かしこまりました。奥様」

秋江さんはたい焼きを持って部屋を出ていく。その姿を見送りながら、ふと疑問が湧いた。

今わたし、那夕子さんって呼ばれた？

名前は看護師から聞いて知っていたのかもしれない。それでもまだまともに話をしていないのに、下の名前で呼ばれるのに違和感があった。

まぁ、別に嫌なわけじゃないし……もともとフレンドリーな性格なのかも。

おばあ様のひとなつっこい雰囲気から、勝手にそういうふうに想像して納得した。

それからすぐに秋江さんがワゴンを押して部屋に戻ってきた。

ワゴンの上にはアフタヌーンティーセットがあり、三段のトレイに小ぶりのスコーンやカヌレ、ケーキやマドレーヌなどが綺麗に並べられていた。一番上には異彩を放つたい焼きが堂々とのせられている。

なんだか……な。まあ、喜んでもらえたから、いい……か。

心の中で自分に言い聞かせてから、わたしは秋江さんの淹れてくれた紅茶を手にした。

「川久保さん、病状が落ち着かれたようで安心しました」

ゆっくりと話しかけたわたしに、おばあ様はきょとんとした顔で返してきた。

「いきなり……どうかなさったの？　川久保さんなんて他人行儀な」

「えっ？」

他人行儀もなにも、おばあ様と話をしたのは倒れるまでのほんのわずかな時間だ。

だから紛れもなくわたしは他人だけど？

困惑したわたしの顔を見て、川久保さんが助け舟を出した。

「なに言ってるんですか、おばあ様」

「だって、川久保さんなんて……今まで通り〝おばあ様〟とは呼んでくれないの？」

「今まで……？」

わたしはまたもや助けを求めるようにして川久保さんを見たが、彼も驚いているようだ。

どうも様子がおかしいけれど、わたしはそのまま話を合わせることにした。

「そうですね！　今まで通り、そう呼ばせていただきます」

おばあ様のシュンとしょげた様子を見て、わたしは慌てて明るい声で笑いかけた。

本人がそう呼んでほしいと言っているのだから、そうすればいい。

川久保さんはまだなにか言いたそうにしていたけれど、わたしはそのままおばあ様のお皿にたい焼きを取って差し上げた。

「秋江さんが温め直してくださったみたい。ほかほかですよ」

おばあ様はわたしからお皿を受け取ると、うれしそうにたい焼きを食べ始めた。

そこからはたい焼きを頭から食べるか尻尾から食べるかとか……他愛のない話をし

た。

お年を召してなおその気品を失っていないおばあ様や、ユーモアに溢《あふ》れる川久保さんとの会話は時間を忘れるほど楽しかった。

ここのところ殺伐と過ごしていたので、おいしいお茶とお菓子、ウィットに富んだ温かい会話に、心が癒やされた。

お見舞いに来たのに、わたしのほうが元気をもらっちゃったな。

時計を見ると、すでに二時間も経過していた。わたしは新しくお茶を淹れてくれようとした秋江さんに断ってから、おばあ様に声をかけた。

「今日はお招きいただいてありがとうございました。これからもお体を大事になさってくださいね。わたしはこれで失礼しますから……」

「あら、那夕子さんこれからお出かけになるの？　何時ごろ戻ってくるの？　お夕食までには戻るわよね？」

「おばあ様？　あの……わたしは……」

まさか夕食までごちそうになるわけにいかない。

困ったわたしは、助けを求めるようにまたもや川久保さんを見た。

彼もすぐにおばあ様に話をしてくれる。

「おばあ様、わがまま言ったらダメですよ。小沢さんは忙しい中……」

「小沢さん？　尊、あなた自分の妻をそんな呼び方して。まさか、ケンカでもしたの？」

おばあ様の言葉にわたしは息をのみ、目を大きく見開いた。

聞き間違いでなければ、わたしのことを川久保さんの〝妻〟だと言った。

同じように——いや、わたし以上に——驚いた川久保さんは一瞬大きく目を剥いた。すぐになんとか笑みを取り戻したものの、おばあ様の発言に驚きを隠しきれない様子だ。

「ちょっと、落ち着いて。しっかりなさってください」

「しっかりしないといけないのは、あなたでしょう？　また那夕子さんを困らせたの？」

「……なに言ってるんですか」

川久保さんは、おばあ様の肩に手を置いて心配そうに顔を覗き込んでいた。

「夫婦には夫婦にしかわからないことがあるでしょうから。ふたりで解決しなさいね。お食事まで、わたくしは休みますから。夕食にはちゃんとふたりで席につくこと、わかりましたか？　尊」

「いや、ですから……」

まだ話をしている川久保さんの言葉を遮って、おばあ様が話を無理矢理終わらせた。

「ああ、少し疲れたわ。秋江さん、後片付けを頼みましたよ。わたしは休みますから」

おばあ様はゆっくり立ち上がるとベッドのほうへ歩いていった。

わたしはこの状況にどうしていいのかわからず、川久保さんを見つめる。彼もまた困った顔をしてこちらを見ていた。

「あの……少しお話できますか？」

もう帰ろうと思っていたけれど、こんなに困った様子の川久保さんを見捨てることもできず、わたしは彼の言葉に「はい」とうなずいた。

おばあ様の部屋から出たわたしは、玄関の近くにある応接室へと通された。

「すみません、お引きとめして。そちらにかけてください」

川久保さんに促されるまま、ソファに腰かけた。高級だろうソファは、スプリングが効いていて、勢いよく座ると体勢を崩してしまいそうだ。

わたしが座ったのを確認した川久保さんが、横に置いてあるひとり掛けのソファに座ると、ほどなくして部屋にノックの音が響いた。

「失礼します」

コーヒーののったワゴンを押した秋江さんが、中に入ってきた。

「さっきは、紅茶だったので。コーヒーにしましたが、大丈夫ですか？」

「はい。大好きです」

わたしの答えににっこりと微笑んだ川久保さんだったが、すぐにその表情が真剣なものに変わった。

「秋江さん、おばあ様のことだけど、あんなことを言い出したのは初めてですか？」

秋江さんの顔も曇る。おそらく彼女もびっくりしたに違いない。

「はい。わたしが存じ上げている限りでは、そうですね」

現実ではないことを、さも現実のように思い込んでいる——。もしかすると認知症の症状が出始めたのかもしれないと、皆が考えているのがわかった。

川久保さんは「はぁ」とため息をついて、髪をかき上げた。

「まさか、おばあ様が」

力なくそう言った彼は、しばらく天井を仰いでいた。

信じたくない現実をつきつけられたのだ。気を落とすのは無理もない。

わたしは黙ったまま座っていた。

医療従事者として様々な場面に遭遇してきたけれど、こういったときにどういう言葉をかけたらいいのか、いまだにわからないからだ。

「来るときが、来たと……いうことか。秋江さん、ありがとう」

「はい、失礼します」

彼女の目にも、不安が色濃く出ていた。

わたしに目礼をした彼女はワゴンを押して部屋を出ていった。

「コーヒーが冷めるといけないので、飲みましょう」

おそらく心の中は、色々な思いが渦巻いているだろう。けれど川久保さんは、落ち着いた様子でコーヒーを勧めてくれた。

「いただきます」

温かいコーヒーを口に運ぶと、彼もまた同じようにひと口飲んだ。

そしてしばらくテーブルの上を見つめて、なにか考え込んでいるようだった。

「こんな形で足止めしてしまって、すみません」

「大丈夫です。ご存知かもしれませんが、わたしは今無職なので時間だけはたくさんあります。ですからお気になさらないでください」

少しでも場を和ませようと、ちょっと自虐的に、努めて明るく答えた。目の前で落ち込んでいる人がいるのに、このくらいしかできなくて歯がゆいけれども。

「そうでしたね。病院を退職されたばかりとか……」

「はい。就職活動中です。心機一転、住むところも新しく探しています」

元カレのところを出てきたとは、言えなかった。

どうしてだか、川久保さんには過去の悲惨な恋愛の話を聞かせたくなかったからだ。

「そうでしたか」

川久保さんは手にしていたコーヒーカップをソーサーに戻すと、じっとわたしを見つめてきた。

今までの柔らかい表情ではなく少し思い詰めたような雰囲気が醸し出されていて、わたしは途端に胸がざわついた。

そしてゆっくりと口を開いた彼から発せられた言葉に、わたしはただただ驚くしかなかった。

「小沢さん。いや、那夕子さん。僕と結婚しませんか?」

いきなり結婚記念日

――がちゃん。

ソーサーに戻そうとしていたコーヒーカップを、テーブルの上に落としてしまった。

カップが派手に音を立て、わたしはやっと現実世界に引き戻された。

「大丈夫ですか？　やけどは？」

「あ、平気ですから……」

少し手にかかってしまったが、カップの中のコーヒーはそこまで熱くなかったため、大事には至っていない。

「でも、あなたの手が」

川久保さんは慌てた様子で立ち上がり、わたしの隣に座った。

スーツのポケットから綺麗にアイロンのかかったハンカチを取り出すと、わたしの手を取りコーヒーを拭ってくれる。

「すみません、お手数をおかけして。もう大丈夫ですから」

コーヒーがかかったところよりも、握られた手が熱いのは気のせいだろうか。

失礼にならないように、自分の手を引いて彼の手から逃れようとした。

「……っ！」

けれどそれを阻むように川久保さんの手にぎゅっと力が入る。

心臓が跳ね上がり、はっとして彼の顔を見た。

「さっきの僕の言葉。冗談でも、なんでもありませんから」

痛いくらいに真剣な目が、わたしの瞳を覗き込む。

耐えきれなくなって思わず視線を逸らした。

冗談じゃないって言うなら、どういうつもりなんだろう……。結婚だなんて、とてもじゃないけど、正気の沙汰《さた》だとは思えない。

けれど彼の瞳は真剣そのもので、わたしを混乱させるのには十分だった。

「そんなこと……」

できるわけがない。そう続けようとしたとき、俯いた視界の中で、手首を掴んでいた川久保さんの手が、わたしの手をぎゅっと握った。

「僕の願いを……祖母のわがままを聞き届けてくれませんか？」

まっすぐにこちらを見据えるその目にとらえられて、言葉の先を続けられない。

黙ったまま彼の話に耳を傾けた。

「祖母はどうやら、あなたを僕の妻だと勘違いをしているようです。今までこういったことはなかったのですが、年齢も年齢なので……仕方のないことなのかもしれません」

もし認知症の症状の現れだとしたら、つらいことだ。けれど彼は現実として受け止めようとしているようだ。

「僕の家族と呼べる人は、今はもう祖母だけで、ですから特別な存在なんです。大の男が情けないと思うかもしれませんね」

彼の言葉にわたしは否定の意味を込めて頭を振った。

「祖母は僕にとって大切な人です。だから少しでも喜ばせたい。それに協力してもらえませんか?」

「でも……結婚だなんて、そんな大切なこと……」

とても簡単に返事ができるようなことではない。

「たしかにそうですね。だから〝ふり〟だけでもお願いできませんか?」

「ふり?」

川久保さんはわたしを見つめたまま、至極真面目な顔でうなずいた。

「僕だって、小沢さん――那夕子さんじゃないと、こんなこと頼みません」

ど、どうしてわざわざ名前を言い直すの？

彼の真剣な目にたじろいだわたしは、そのまま彼の話を聞くことになった。

川久保さんは握っていた手を離すと、ご自身の年齢や家庭環境、仕事についてゆっくりと話し始めた。

そこで初めてわたしは、彼の素性を知ることになる。

「川久保製薬の……専務さん、でしたか……」

いただいた名刺を見て驚き、まともに頭が回らない。

三十六歳の若さで、大企業の専務だなんて……。

川久保製薬株式会社といえば、医療用医薬品の売り上げが五年連続国内最高。新薬の研究も盛んで、常に国内製薬会社のトップに君臨する会社だ。

三島紀念病院でも川久保製薬の薬を多く扱っていたので、どれくらいすごい会社なのかもよくわかっている。

MRもできる人が多くて、質の高い情報を提供してくれると、医師たちが話しているのをよく耳にした。それに加えて、三島紀念病院では川久保製薬で開発した新薬の治験協力も行っている。

……だから、翔太のことも知っていたんだ。

三島紀念病院は川久保製薬のお得意様だ。翔太が三島家の婿養子に入る話を知っていてもおかしくないだろう。

翔太のことを思い出すと、少し胸が痛む。それは失った恋の痛みというより、自分が愚かな恋をしたことに対する自責の念のようなものだ。

「那夕子さん？」

「あ、すみません……」

名前を呼ばれて、はっと我に返った。

至近距離に急に整った顔があって、恥ずかしくなった。頬に熱が集まっているのがわかる。きっと赤くなってしまっているはずだ。

耐えきれずに目を逸らそうとしたとき、川久保さんが小さく笑った。

「すみません、少し近づきすぎでしたか」

ゆっくりと距離を取ってくれて、ほっとした。

コホンと小さく咳払いをして、ちょっと騒いだ気持ちを落ち着けた。

「大丈夫ですから、お気になさらずに」

努めて冷静に対応した。

胸のドキドキが伝わらないように。

しかし彼にはすべてお見通しなのか、口元は緩めたまま。

その顔は今までの紳士然としている彼とは違い、少しいたずらめいた感じがする。

それはそれで、なかなか目を引くので困るのだけれど。

「気にしますよ。だって僕の奥さんになる人なんだから」

お、奥さんって……。

そうだった。その話の途中だったんだ。

「あの、ふりっていうのは本気なんですか？」

川久保さんは、顔つきを真剣なものに変えて力強くうなずいた。

「もちろん、本気ですよ。……祖母に僕が結婚して幸せになった姿を見せてあげたい。大切な家族なので」

その後、ご両親のことについて少し話をしてくれた。

川久保さんのご両親は、彼が小学一年生のときに船の事故でこの世を去ったという。

その後、祖父母に引き取られて育てられたそうだ。

八年前に川久保製薬の創業者で会長だったおじい様が亡くなられてからは、家族と呼べる存在はおばあ様の豊美さんだけになった……そう淡々と語ってくれた。

「会社は父親の弟、僕から見れば叔父《おじ》が今は社長をしてくれている。いずれは、僕が継ぐことになると思う」

あの大きな会社を、この目の前の人が……。いわゆる御曹司ということだ。

今までそういうセレブな人たちとは、プライベートで出会ったことがなくどう対応していいのか悩む。

「あの……わたしには、とうてい妻の役は務まらないと思います」

一般家庭で育ってきたわたしが、こんな環境でうまくやっていけるはずなどない。ごく普通の教養はあるつもりだけれど、川久保さんたちが住んでいる世界の一般常識なんて知る由もないのだから、〝ふり〟なんかしても、きっとボロが出てしまうに違いなかった。

そしてこれが一番引っかかっていること。

「それにやっぱり人を騙すようなことは、ダメだと思うんです」

嘘はよくない。小さいころからそう教えられて生きてきた。

けれど彼はその概念を覆《くつがえ》そうとする。

「嘘も方便って言葉、知っていますか？」

まあ、たしかにそういうことも今までの人生で何度か経験した。そう言われてしまうと素直に『まあ、そうだな』なんて思ってしまう。

うっかり意志を曲げそうになって、慌てる。

なんというか、川久保さんとの会話は気を抜けない。ともすれば、すぐにあっちのペースに巻き込まれてしまう。自分をしっかり持たなければ、あっという間に思ってもいない方向へ物事が進みそうだ。

「こんな盛大な嘘、方便で済まないですよ」

必死で断ろうとするけれど、相手は笑顔でなんでもないことのように言う。

「嘘はね、大胆につくのがばれないポイントなんです。覚えておくと役に立ちますから」

「そうなんですね……って、もう！」

やっぱり全然わたしの気持ちが伝わらない。

最後に声をあげたわたしを見て、川久保さんは肩を揺らして笑った。

「あははっ、あなたと話をするのは楽しいな。だから、本気で考えてくれませんか？」

言葉の途中で、真剣な声色に変わる。そして彼の目には懇願の色が浮かんでいた。

「……っ」

そんな顔はずるいと思う。思わず彼の目に引き込まれてしまいそうだ。

ダメだと頭の中で警鐘《けいしょう》が鳴り響く。これ以上彼の話を聞かないほうがいいと。

「祖母がどうして急にあんなことを言い出したのかわからない。だけどそう思い込んでいる祖母に事実を告げて、残念な思いをさせたくないんです。残された時間が少ないから、なおさら……」

そうだった。たしか病院でもそういう話をしていた。

育ての親でもあるおばあ様への彼の思いは、それは深いものだろう。たったひとりの家族となれば、ことさら大きいに違いない。

そう思うと無下にできずにいた。けれどすぐにうなずくこともできず、どうするべきなのか考え込む。

この話を受けるべきか、受けざるべきか。

頭の中に色々な思いが浮かぶたび、天秤《てんびん》が左右に揺れ動く。

そんなわたしの迷いを察知されてしまったのか、彼は身を乗り出してわたしの膝に置いてあった手をしっかりと握った。

ドキッと心臓が音を立てる。

「祖母と……そして僕を助けると思って協力してくれませんか？　どんなことになっても、責任は全部僕が取りますから」

〝人助け〟という言葉と〝嘘をついてはいけない〟という言葉がわたしの頭の中に入れ替わり立ち替わり浮かんでくる。

目の前には乞《こ》うような川久保さんの顔。

そんなふうに見つめられると、断りづらい。それも彼の計算なのかもしれないけれど……。

それでもおいそれと返事ができない。

そんなわたしに川久保さんはにっこりと、少々胡散《うさん》くさく思えるような笑みを浮かべて、話の切り口を変えてきた。

「ちょっと確認していいですか？　あなたはたしか今、休職中でそれと同時に住むところも探している――そうでしたよね？」

「はい。病院を辞めてしまったので……」

それと元カレと同棲していたマンションを出たので……と、これは言わないでおく。

「じゃあ、ここからは提案なんですが。あなたには祖母の様子を見ていてほしいのです」

「それは看護師としてですか？」

川久保さんは、うなずいて話を続けた。

「そう。祖母の容体は知っての通りで、あの歳なので完治も見込めません。秋江さんひとりだと、これから大変だと思うんです。だから現役の看護師であるあなたがそばについていてくれると、僕も安心できます」

たしかに、この間おばあ様が倒れられたとき、秋江さんはパニックになっていた。

「難しく考えなくてもいいんですよ。普段は話し相手になってもらって、生活の全般を手伝ってほしいんです。とはいっても、祖母もまだまだなんでもひとりでできますが。もちろん、報酬は払います」

それを聞いてわたしはすぐに確認した。

「では〝夫婦のふり〟はしなくてもいいってことですか?」

「いや、祖母がそう思い込んでいる以上、夫婦のふりはしてもらわないと困ります」

わたしは慌てて、胸の前で両手を振ってその申し出を拒否した。

「だ、ダメです! 嘘をつくのに、お金をもらうなんて」

わたしの中では〝夫婦のふり〟はあくまでも善意での行為だ。けれどお金を受け取ったらそれを否定してしまうことになる。

「そこは勘違いしないでください。報酬は看護師としてのあなたに払うもの。夫婦のふりは、まあ、そうですね。付随業務だと思ってくれればいいです」

「不随業務ですか？」

わたしの質問に、川久保さんは力強くうなずいた。

「そう。ついでみたいなものですよ。あなたは祖母の介助をしながら、ときどき、祖母の話に合わせてくれるだけでいいですから」

そう言われると少し、気持ちが軽くなった。

実際にお給料がもらえるのはうれしい。すぐに仕事が決まらず路頭《ろとう》に迷うことになっては困る。そして看護師としてキャリアが空いていないほうが、次の就職にも有利に働くに違いない。

自分でも現金だなとは思うけれど、彼の申し出は魅力的だった。

「どうでしょうか？」

わたしの心の機微《きび》を、目ざとい川久保さんは見抜いていた。だからこそ、最後のひと押しといわんばかりにじっと見つめてきて目で説得にかかっている。

その効果は抜群で、今から自分がやろうとしていることが、正しいことのように思えてきた。

仕事も得られて、少し……嘘はつかなくてはいけないけれど、それが人のためになるなら……。

このときのわたしは、完全に川久保さんに言い含められていたように思う。

「わかりました、この話お受けいたします」

「そうですか！　ありがとうございます」

満面の笑みを湛えた川久保さんが、勢いあまってぎゅっとわたしを抱きしめた。

「きゃあ！」

「あ、すみませんっ……」

彼はすぐに離れてくれたけれど、顔が熱い。きっと赤くなっているはずだ。

川久保さんはスキンシップが多いような気がする。恋人でもない男性が相手なら普通は嫌だと思うはずなのに、彼にされるのは嫌じゃない。不思議だ。

咳払いをひとつした川久保さんが、すっと大きな手のひらを差し出した。

「これから、よろしくお願いしますね」

「こちらこそ、よろしくお願いします」

その手は男らしく大きくて、意外にごつごつしていた。少し冷たくも感じて、ふと『手の冷たい人は、心が温かい』なんてことを思い出した。

握手を終えたわたしは、その場に立ち上がった。

仕事が決まったら、あとは住むところだけだ。ウィークリーマンションに戻って、ネットで賃貸情報をあさろう。

思えば、ずいぶん長居をしてしまった。

「では、今日は失礼しますので。最寄り駅はどこになりますか？」

スマートフォンでアプリを立ち上げて、地図を表示した。

「え、どこに失礼するつもりですか？　あなたの家は今日からここでしょう？」

当然のように言ってのけた彼に、わたしは思わずきょとんとした顔になってしまった。

考えてもその意味は、ひとつしかないだろう。

「こ……」

驚きすぎて二の句が継げない。手はがっちり握り拳を作り、それは軽く震えていた。

今のわたしは、まさに混乱の極み。

「こ？」

しかし川久保さんは、わたしの反応に不思議顔だ。

なぜこんなに動揺しているのか、まったく伝わっていない。

「こ！　じゃなくてっ‼」

「ん？」

首を傾げる彼に心の中で突っ込みを入れる。

『ん？』でもないっ‼

「ここで、一緒に暮らすってことですかっ⁉」

勢いあまって詰め寄ったわたしを避けるように、川久保さんはのけぞった。

彼は驚いた顔をしていたけれど、もっと驚いているのはわたしのほうだ。

「びっくりしました。なにか問題があるのかと思ったけど、そんなことですか」

ひとりでほっとしないでほしい。わたしはまだ混乱の最中だ。

彼はそんなわたしを、ソファにゆっくりと座らせてから自分も隣に座った。

「あの、だからっ――」

「はい、ちょっと落ち着きましょうか。深呼吸して」

彼が大きく息を吸い込むのに合わせて、わたしも同じく深呼吸をした。

「はい、よくできました」

笑った彼は、わたしの頭をよしよしと撫でる。

それはまるで子供にするみたいな優しい手つきで、こんなふうに撫でられたのはいつぶりかな……と思うと同時に、気恥ずかしくなってしまい目を伏せた。

二十八歳――。決してこんなことで喜ぶ歳ではない。大人の階段だってずいぶん上のほうまで上ってきた。

彼のスラリとしているけれど節くれだった男らしい指で髪をかき混ぜるように撫でられると混乱が少し落ち着いた。

さっきの諭すような口ぶりもしかり、彼はわたしをどうも幼子かなにかと一緒にしているのではないだろうか。

「そ、そんなことされ……ても、ご、ごまかされませんからっ」

相手の目もまともに見ることができず、耳を赤くして伝えたところで、説得力はないに等しい。

「ごまかすつもりなんてないですよ。困難な申し出を受けてくれたあなたには、これから先もできる限り正直でいたいと思っています」

髪を撫でながら、顔を覗き込まれた。

そういうドキドキする台詞《せりふ》や、近すぎる距離はどうかやめてほしい。

なんとか平常心を取り戻そうと、わたしは姿勢を正した。

「お仕事をいただけたことは本当に感謝しています。そのついでに川久保さんの……つ、妻のふりも……させていただきます」

なんだか自分で言うとすごく恥ずかしい。けれど恥ずかしがっている場合ではない。

「ありがとう、すごくありがたい」

とろけるような笑顔を向けられて、ドキッとする。

惑わされてはいけない。

見とれてしまいそうな彼の笑顔を、見ないように顔を背けた。

「でも、一緒に住むっていうのは無理です」

「どうして？　ちゃんと客間を用意する。なにか困るようなことがあれば僕か秋江さんに言ってもらえれば手配するよ」

「そういうことを言っているんじゃないんです。わたしたち、まだ知り合って間もないですし」

「時間は関係ないよ。僕はこれでも人を見る目には自信がある。那夕子さん」

川久保さんがわたしの名前を呼んで両肩に手を置いた。ふたり向き合うことになり、彼の真剣な目から逃げられない。

「あなたにしか頼めないことなんだ。おかしな申し出だということは承知している。けれど、どうか祖母を笑顔にする協力をしてほしい」

まっすぐにわたしを見据え懇願する彼。それでもすぐにうなずけない。

「それに、あなたをひとりの部屋に帰したくない。つらいことがあったときは、誰かと一緒にいるほうがいい」

わたしは軽く目を見開いて、彼を見る。

どうして……知っているんだろう。もしかして、師長から聞いたのかな？

この数日、昼間は仕事と家を探して、夜になれば翔太とのひどい別れでなくしてしまったものを思い出して、虚無感に襲われる日々。いつまでそんな日常が続くのだろうと、夜にベッドの中で不安にさいなまれていた。

俯いてじっとしたまま考え続けているわたしに、川久保さんが問いかけた。

「あなたは、変わりたくないのですか？」

わたしはその言葉にはじかれたように顔を上げた。強い光を放つ川久保さんの目にとらわれる。

——彼のそばで過ごせば、新しい自分になれるかもしれない。

なんの根拠もない。だけど気がつけば、わたしは口を開いていた。

「わたし——変わりたいです」

言った瞬間、自分でも驚いた。けれど、それが素直な気持ちだ。

川久保さんの大きな手が伸びてきた。そしてこめかみのあたりを優しく撫でた。

「よく、決心してくれました。ありがとう」

わたしは覚悟を決めたのだ。

この乗りかかった船に、乗ってしまおうと。

大それたことをしようとしている自覚はある。けれど、もう決めた。目の前にいる彼の手を取るのだと。

自分の行動に驚き、まだ興奮が冷めないわたしの前で、川久保さんが立ち上がった。

「善は急げって言いますから、さっそくあなたの荷物を取りに行こう。その間に、客間を準備させます」

彼の手には、すでに車のキーが握ってある。きっとわたしの気が変わらないうちに、荷物を運び込んでしまおうとしているに違いない。

「わかりました。よろしくお願いします」

わたし自身も、決心が鈍らないうちに行動に移すことに決めた。

ウィークリーマンションに持ち込んでいた荷物は少なく、てきぱきと川久保さんがすべて車に積み込んでしまった。

そして気がつけばあれよあれよという間に、川久保邸に舞い戻ってきたのだけれど……。

「どういうことなんですか？　おばあ様」

玄関ホールに川久保さんの声が響いた。

わたしと秋江さんは、おばあ様と彼の様子を、オロオロしながら見守ることしかできない。

「なにが、どういうことですかっ！　夫婦の寝室を別にするなんて、わたくしは許しませんよ」

どうやらわたしのために客間を準備していたのを、おばあ様に知られてしまい……寝室を別にすることに意義を唱えたようだ。……それも激しく。

「だから、これには事情があるんですよ」

こめかみに手を当てた川久保さんが、おばあ様を前に力なく肩を落としている。

「事情？　どうせまたあなたが那夕子さんを困らせたのでしょう？　誠心誠意謝れば済むことです。ほら、さあっ！」

おばあ様はわたしに向かって手を差し出し、川久保さんに謝罪を求めている。

「いえ、あの……そうじゃなくて」

慌てて仲裁に入ろうとしたけれど、これがまた火に油を注ぐような結果になってしまう。

「じゃあ、どうしたっていうの？　ふたりの間になにがあったの？」

おばあ様は今度は怒りに代わって、悲しみや心配の色を目に浮かべた。

「いえ、あの……その」

しどろもどろするわたしを見て、川久保さんは髪をかき上げてため息をついた。

「だから、夫婦の間には色々と——」

「色々となにをしたの？　浮気、暴力、ギャンブル？　そんなことわたくしの目の黒いうちは許しません」

おばあ様はずんずんと川久保さんに詰め寄る。

「僕がそんなことするはずないでしょう。おばあ様ちょっと落ち着いてください。また発作が起きてしまいます」

「そうさせているのは、あなたでしょう。さあ、さっさと那夕子さんに謝って、許しを乞い、寝室をともにしてもらえるように頼みなさい」

おばあ様の肩越しに、川久保さんが助けを求めるような視線を送ってくる。

こうなってしまった以上、わたしが寝室を一緒にすることに同意をするまで収まりそうにない。

川久保さんがまるで捨てられた子犬のような目をしている。頼まれごとに弱いわたしの性格を、彼はすでに見抜いている。

どうしようもなくなったわたしは、力なく彼にうなずいた。渋々であるが、この方法しかない。

途端に川久保さんは笑顔になった。でもそれはほんのわずかな時間で、その後すぐに神妙な面持ちになる。

「そうですね、僕が全部悪いのです。今から誠心誠意、那夕子に謝って許してもらいます」

「そうしなさい。あなたには那夕子さんしかいないんだから」

川久保さんはこちらに向かって歩いてきた。そしてわたしの前で止まると、ぎゅっとわたしの両手を握った。

「寂しい思いをさせて悪かった、これからは君との時間をなによりも優先させるから、許してくれるかい？　那夕子」

眉尻を下げて心の底から謝っているように見える。

その演技力の高さに気圧《けお》されて、わたしはコクコクとうなずくことしかできない。

「ああ、やっぱり君は最高だよ。那夕子」

握られた手が引き寄せられて、ぎゅっと抱きしめられた。

「きゃあ！」

突然のぬくもりに驚いて、小さく悲鳴をあげた。

「シッ。ちょっとだけ我慢してつき合って」

耳元でわたしにだけ聞こえるように告げ、背中に回された手に力がこもる。

つ、つき合ってって言われても、こんなの想定外です！

かすかに香るムスクの匂いが、彼の胸にいるのだとわたしに意識させる。固まったまま動けず、川久保さんのなすがままだ。

「那夕子、ありがとう！　ではふたりきりで部屋にこもって、これまでのお詫びを僕にさせて？」

「こ、こもる？　部屋に？」

パニックになったわたしに、川久保さんは目だけでうなずくようにと伝える。

「は、はい。わかりました」

こうなったら、事態の収拾は彼に任せるしかない。

わたしが返事をすると彼は大袈裟に「ありがとう」と言って、わたしの肩を抱いておばあ様のほうへ向いた。

「と、いうことで。無事に仲直りをしました。ご心配おかけしました」

川久保さんの言葉に、さっきまで険しい顔をしていたおばあ様がにっこりと笑う。

その変化についていけないわたしは、あっけにとられたままぽかんと間抜けに口を開けて、今の状況を必死に理解しようとしていた。

「安心しました。尊、あなたがしっかりしないといけませんよ。那夕子さんを決して蔑《ないがし》ろにしてはいけません。わかりましたか？」

「わかりました。では僕たちはこれから、しっかり仲直りしてきます。いいですよね？」

「そうなさい。早くひ孫の顔が見たいわ」

ひ、ひ孫⁉ 誰と、誰の子供なの？ なんで、いきなりひ孫⁉

にっこりと優雅に笑うおばあ様の発言にパニックになったわたしは、なにも言葉を発することができない。

川久保さんに肩を抱かれたまま廊下を歩き、離れにある彼の私室へと連れていかれた。

バタンと扉が閉じられて、ふたりして「はぁ」と安堵のため息をついた。

あまりにも息がぴったりだったので、お互い顔を見合わせた後、同時に苦笑いを浮かべた。

「悪かった。まさか祖母があそこまで口出しするとは思わなかったんだ」

彼は抱いていた肩をポンポンと二回叩くと、わたしをソファへと促した。

言われるままに、部屋の真ん中にあるチャコールグレーの大きな布張りのソファに座る。

川久保さんは室内にあるカウンターの中に入って、すぐに出てきた。手にはボトルワインとグラスを持っている。

そしてわたしの隣に座り、ボトルとグラスをローテーブルに置いた。

「とりあえず、飲まない？　ワインは好き？」

わたしがうなずくと、ふたつのグラスに赤いワインを注いだ。ひとつをわたしに差し出して、もうひとつは彼が持つ。

「乾杯しよう」

とてもそんな気分ではない。と、いうのが正直な気持ち。いったいなにに乾杯するというのだろうか。

「え……はい。雇用契約が成立したお祝いですか？」

わたしの言葉に、彼は口を開けて笑った。

「あにはっ。たしかにそうだけど、それじゃ味気ないよね」

グラスの中のワインを転がしながら、彼がわたしに視線を向けにっこり笑う。

その極上の笑顔は、まだワインを飲んでいないわたしの顔を赤くするくらい素敵だった。

そして彼はグラスを掲げた。

「僕たちの結婚記念日に、乾杯！」

夫婦たるもの

「けけ、結婚記念日って⁉」

思わず前のめりになったわたしだったけれど、目の前の川久保さんは優雅にワインを飲んでいた。

「あ、おいしい。よかった。大切な日にとっておきのワインがあって。せめてこれくらいしないと寂しいよね」

目を白黒させているわたしなどおかまいなしに、ワインの感想を述べている。

「いや、ちょっと無視しないでください」

「ん？　君も飲んで、那夕子」

にっこりと笑みを浮かべた彼に、わたしは声をひっくり返した。

「な、那夕子⁉」

突然、名前を呼び捨てにされて思わず声をあげる。さっきからいちいち驚かされるような発言ばかりだ。

それにいつの間にか、敬語じゃなく、ずいぶん砕けた話し方になっている。

「そう、夫婦なんだから当たり前じゃないか」

「そうは言っても、川久保さ――」

話をしているわたしの唇に、彼の人差し指が優しく添えられる。

いきなりのことに驚いて目を見開いたわたしに、彼はにっこりと微笑んだ。

それはおもしろがっているような、いたずらめいているような、そんな表情で。

大人な彼の意外な一面に、胸がドクンと大きく鳴った。

「尊だ。君の夫の名は、川久保尊。ほら、呼んでみて」

優しく小さな子に教えるような言い方。

そのせいかなぜだか素直に彼の言葉を聞いてしまう。

「尊……さん」

戸惑いながらも、さすがに呼び捨てはマズイと思い、慌てて〝さん〟付けをした。

そのとき彼が笑った。ほんのり口角を上げただけだけど、なんだかわたしが名前を呼んだことを喜んでいるように見えたのは、勘違いだろうか。

「よくできました。僕たち、いい夫婦になれそうだ」

ワイングラスを掲げた尊さんに、見つめられる。わたしはワインよりも赤い顔でグラスを持ち、恥ずかしさをごまかすためにワインを飲んだ。

急に名前で呼ぶって……慣れるまでは失敗しそうだな。

そんなわたしを見て、彼はクスリと笑った。

尊さんの私室は、今いるリビングルームのほかにふたつの部屋があった。

開け放たれた扉の向こうが書斎で、窓際に大きなデスクがあり、パソコンと電話が置いてある。壁一面には天井まで届く本棚に、本がぎっしりと詰まっていた。

そして反対側にある扉が寝室。リビングにはカウンターキッチンまで備わっている。それに加えて、シャワールームやトイレ、洗面台もあり、ここだけでも十分生活できそうだ。

昨日まで寝泊まりしていたウィークリーマンションとは、雲泥《うんでい》の差。

興味深くキョロキョロと見回していると、尊さんがクスリと笑った。

「なにか必要なものがあれば、遠慮なく言って。仮でも夫だから、君の望みはできるだけ叶えたい」

ワインを飲みながら、今後のことを説明される。

基本的には〝夫婦に見えるように努力する〟というのが大義なのだけれど。〝お互いを名前で呼び合う〟とか〝朝は見送りをしてほしい〟とか細かな要望もたくさんあった。

この依頼を受けると決めたときに腹をくくったつもりだったけれど、やっぱり色々と不安に思うことはあるわけで。

「あの……えっと、さっそくなんですけど……」

目下、わたしの一番気になっていることを尋ねようと口を開く。

後回しにできないほど、緊急を要している。しかし言い出しにくく、口を開いては閉じ……を繰り返していると、尊さんは口元を押さえて、くっくっと笑い始めた。

「言いにくそうだから、代わりに言おうか？　おそらく心配しているのは寝室のことだろう？」

「あ！　はいっ！」

勢いよく返事をしたわたしを見て、尊さんはまた笑った。

聞きたいけれど、なんだか〝それ〟をものすごく意識しているように思われるのは恥ずかしいような気もして、なかなか言い出せなかったのだ。

「あくまで〝ふり〟だから、那夕子は寝室をプライベートルームとして使ってくれたらいい。僕は書斎を使うから」

「でもそれじゃ、尊さん眠れないんじゃないですか？」

「心配には及ばないよ。書斎にもベッドがあるから。考えが行き詰まったら寝そべって仕事をするんだ。結構はかどったりする」

そう聞いて安心した。

「もし那夕子が寂しいっていうなら、一緒に寝てもいいけど」

目を細めて意味ありげな視線を送られた。

「いえ、あの大丈夫ですから！　ひとりで全然平気です」

さすがに夫婦のふりをすると言っても、それはやりすぎだ。

慌てて両手を振って拒否する。

そんな焦ったわたしを見て、尊さんは肩を揺らして笑った。

「冗談だよ。那夕子の反応を見るのが楽しくて、ついからかってしまう。ごめん」

ちょっとそうかな……と思っていたけれど、やっぱりだ。わたしを困らせて楽しんでいる。

社会的地位もあり紳士的なのに、いたずらっ子みたいな尊さん。なんとも不思議な感じだ。

だけど嫌じゃない。からかわれているとわかっても、恥ずかしいと思うだけで、怒りなどは感じなかった。

出会ってまだ日も浅い。けれど彼のおばあ様思いなところや、優しさ、スマートなエスコートにとても好感が持てる。雇っている秋江さんに対しても丁寧な態度を崩さなかったので、おそらく誰に対しても平等に違いない。

それに彼の隣はなんだか居心地がいいのだ。波長が合うのだろう。

夫婦のふりをするなんて、おかしな関係になってしまった。自分でもちょっと驚いているけれど、きっと相手が尊さんじゃなければ、受けていなかっただろう。

「少し、酔ったかな？」

黙り込んで色々と考えていたわたしを心配してくれたのか、尊さんが顔を覗き込んできた。

「いえ、あの。全然平気です。おいしいですね、このワイン。つい飲みすぎてしまいそうです」

「どんどん飲んで。少しお酒が入ったほうが、お互いのことをよく知ることができる」

尊さんの言う通り、グラスが重なるにつれてお互い少しずつ口が軽やかになっていった。

「看護師になったのはどうして？」

ふいにそんなことを聞かれた。お互いのことを知っていく上でたしかに気になることだろう。

「実はわたし、今は元気なんですけど、小さいころ体が弱くて。それでいつも病院に通っていたんです。そのときの看護婦さんが優しくて……ってあまりにも〝あるある〟な話でおもしろくもなんともなくてすみません」

自分でもありきたりな理由だと思う。

苦笑いのわたしが尊さんを見ると、彼は優しい眼差しをわたしに向けていた。

トクンと胸が小さく鳴った。

どうしてそんな目で見ているの？

「君という人がよくわかるエピソードだ。小さなころの夢を叶えられる人って、世の中でほんのひと握りだから。とっても素晴らしいことだよね」

「あ、ありがとうございます」

こんなふうにストレートに褒められるとは思ってもみなかったので、顔が赤くなってしまう。

「ちょっと羨ましいな。僕の人生はある程度決められたものだったから。まあ、それも今思えば悪くはないんだけどね」

笑ってはいるけれど、少し寂しそうに見える。

「子供のころは、なになりたかったんですか？」

「小学生のころは、サッカー選手。こう見えて結構上手だったんだ。クラブチームでもずっとレギュラーだった。その後は、学校の先生。中学のときの先生がすごく尊敬できる人で、その先生みたいになりたいって思った。僕だって結構単純だろう？」

きっとグラウンドをキラキラした笑顔で走り回っていたのだろう。想像すると頬が緩んだ。

「だけど、高校に入る前にはすでに将来は川久保製薬を継ぐことが当たり前のようになっていた。周りがみんなそういう目で見ていたから、当然のように大学は薬学部を出て、川久保製薬に就職した」

尊さんはグラスに残っていたワインを飲んで、話を続けた。

「ただそんなふうに自分の将来を決めたせいか、本当にこれが自分のやりたい仕事だったのかと悩んだことがあった。だけど、自社が開発した新薬で助かった……なんて話を聞くと、やっぱり自分のやっている仕事は、意義のあることなんだって思えるようになったんだ」

少し恥ずかしそうにそう語る尊さん。けれど、自分の仕事に誇りを持って熱っぽく語る姿から目が離せない。

「尊さんのお仕事は、困っている人を助けることができる素晴らしい仕事です。わたしも多くの患者さんが、川久保製薬の薬で元気になる姿を見てきましたから」

思わず力説してしまう。

内科的治療は、薬なくしては語れない。彼の仕事は多くの命を救っているのだ。看護師のわたしはそれをよく理解している。

酔っているせいか、多少暑苦しく語ってしまったが。

「ありがとう。自分が人生をかけているものをそんなふうに言ってもらえると、やっぱりうれしいものだな」

彼の口元がほころんだ。

それを隠すように顔を背けるその姿に、どうしてこんなに胸がときめいてしまうのだろうか。

思わず口に運ぼうとしていた、おつまみに出されたチーズをフォークごと落としてしまった。

「あれ？　もう酔った？」

慌ててフォークを拾おうとしたけれど、手元がおぼつかなくてうまく掴めない。

「やっぱり、少し酔ってしまったの……かもしれません」

「そう？　だったら、僕が手伝ってあげる」

尊さんはわたしの落としたフォークを手に取ると、そのままわたしのほうにそれを差し出した。

「ほら、あーん」

なぜだかうれしそうに、わたしにチーズを食べさせようとしている。

「自分でできますから」

「ダメ、また落としたら困るだろう？　ほら」

ぐいぐい押しつけられて、観念したわたしは口を開いた。

「おいしい？」

きっと高いチーズに違いない。すごくおいしい……はずなのだけれど、それよりも食べさせてもらったことが恥ずかしくて、熱くなった頬を両手で隠した。

「なにそれ。すごくかわいい」

「かわいいなんてやめてください。もう……あっつい」

手でパタパタ頬をあおぐ。早く赤い顔をなんとかしたい。

「僕は正直な人間なんで、かわいいものを見たらかわいいと言いたい。だからこれは那夕子が慣れるしかないね」

「慣れる……なんて日が来るんでしょうか？」

思わず唇を尖らせたわたしを、尊さんは声を出して笑った。

「慣れてもらわないと困るな。だって君がかわいいのが悪いんだから」

「わ、わたしが悪いんですか？」

不満そうなわたしを見て、尊さんは口に拳を当ててくっと笑いを噛み殺す。

わたしが頬を膨らませると、我慢ができなくなったのか屈託なく思いっきり笑った。

川久保製薬の専務。スマートなふるまい。加えて誰もが振り向くような容姿を備える彼のこんな姿を知る者は、そう多くはないはずだ。

……って、どうしてわたしが優越感なんて持つわけ？

自分が特別だなんて、おこがましい。ただ少しの間、成り行き上彼の妻としてふるまうことになっただけなのに。

なんだかよくわからない感情が芽生えてきた。それをごまかすようにワインを飲み干すと、「どうぞ」とおかわりを尊さんが注いでくれる。

それからは、お互いのことについて話をした。幼少期や学生時代の話。社会人になってした失敗や、うれしかったこと。

まだ出会って間もない彼相手に、翔太にも言っていない話までしたのは……彼が

〝仮〟だとしても、わたしの旦那様だからだろうか。

彼のことをもっと知りたい、自分のことをもっと知ってもらいたいと思ったのは〝彼〟だからなのか。

考えても答えが出そうにない疑問が頭に浮かんだあたりから、わたしの記憶は薄れていった。


瞼《まぶた》が重く、体もだるい。きっと昨日飲みすぎたせいだ。ベッドに横たわったまま目も開けずに、昨日のことを反省する。

いい大人なんだから、お酒の飲み方くらい気をつけなくちゃ。

頭の中で自ら反省を促していたところで、はたと気がつく。

わたしはいったい、いつベッドに入ったのだろうかと。そしてこれは、誰のベッドなのかと。

そこで眠ってしまう前のことをおぼろげながら思い出し、完全に覚醒《かくせい》した。

背後から自分の腰に回されている手に気がついて体が固まる。

もしかして……いや、もしかしなくても。

おそるおそる……相手に気づかれないように首だけ後ろに向ける。すると目の前に、にっこりと笑う男性の顔を見つけて叫びそうになり、すんでのところで慌てて口を閉じた。

「おはよう。よく眠れた？」

そこにいるのは間違いなく、尊さんだった。

寝起きのせいか少し気だるげな笑顔。思わず見とれてしまいそうになっていることに気がついて、慌ててわたしは壁のほうを向いた。

かっこいいなんて思っている場合じゃない。大事なことがあるだろうと、自分に突っ込んだ。

急いで布団の中を確認すると、昨日着ていた服をそのまま身につけていた。

尊さんはそんなわたしの行動を見て、クスクス笑っている。

ほっと安心したのも束の間、とりあえずどうしてこうなったのか、確認しないといけない。

「あ、あの……えーっと。尊さんはどうしてここで寝ているんですか？」

努めて冷静に、バクバクする心臓を押さえつけて尋ねた。

もちろん壁に顔を向けたままだ。

寝起きの色気にまみれた彼を直視することなんてできない。そんなことをしたら、まともな話なんてできないだろう。

たしか昨日の話では、寝室は別にすることになっていたはずだ。けれど、彼は紛れもなくわたしと同じベッドに横になっている。

「それはね、君が離してくれなかったからだよ」

「え？　わたしがですか？」

驚いて、それまで壁に向けていた体を、尊さんのほうへと向ける。

頑張って思い出そうとしたけれど、まったく記憶にない。

訝しむわたしに、尊さんは詳しく説明してくれる。

「急に眠ってしまった君をここに連れてきたんだけど、強く握って離してくれなかったんだ。これ」

彼が指さしたのは、身につけている白いシャツ。そこにはしっかりと皺《しわ》が寄っていて、わたしが長い間そこを握っていたことが、容易に想像できた。

うそ、わたしなんてことを！

慌てて起き上がろうとしたわたしを、尊さんの手が追いかけてきてぎゅっと抱きしめた。

図らずも彼の胸に顔を埋めることになって、心臓がドキンと大きな音を立てる。

「そんな、逃げることないのに。もう少しこうしていよう？　僕たちの約束では、スキンシップは禁止していなかったはずだし」

ぎゅっと背中に回された手の温かさが、ふたりが触れ合っているのが現実だと伝えてくる。

「いや、あの……たしかに約束の中にはこういった類の話はありません……でしたが」

頭がうまく働いてくれずに、あたふたする。

尊さんはおもしろがるようにわたしの顔を覗き込んだ後、我慢しきれなくなったのか思いきり吹き出した。

「あはは、ごめん。あまりにもいい反応するから。つい、ね？」

「また、からかったんですかー！」

昨日からいったい何度目だろうか。ここまでくると、騙される自分も悪いような気がしてきた。

「悪かった。でも、顔を赤くして戸惑っている姿がかわいいよ」

「……っう」

これもからかいの一種だとわかっている。だから顔を赤くしたりしたら思う壺《つぼ》だろう。それでもやっぱり面と向かってそういうことを言われるのは恥ずかしいのだ。

耐えきれなくなって、彼の胸を手で押して距離を取った。

「か、過度なスキンシップは禁止です！」

「そうか、残念だな」

尊さんは微笑みながら体を起こす。ギシリと音を立てながらベッドを降りた。

「そのあたりの約束については、フレキシブルに対応していこう。その場の雰囲気に流されるのも、夫婦にとっては悪いことじゃない」

ベッドサイドに立つ彼が、わたしを見下ろしている。

彼も昨日の服のままだったが、第三ボタンまで外されたシャツから素肌が覗いている。寝起きのわたしには少々刺激が強い。

「先にシャワーを浴びさせてもらうね。朝食は祖母と一緒に」

彼はわたしの返事も待たずに、そのまま部屋を出ていってしまった。

バタンと扉が閉まったのを確認して、体の緊張を吐き出すかのごとく大きなため息をついた。

「その場の雰囲気って……なによ」

それは、そういう雰囲気であればなにをしてもOKということ？　いや、さすがにそれはまずいだろう……。

どうしてすぐに否定しなかったんだろう。それって、わたしが本気で嫌がっていないから？

これがもし他の男性だったら、朝目覚めて同じベッドに寝ていただけで最悪だ。けれど、相手が尊さんだと、恥ずかしいという気持ちはあっても、不快感なんてまるでなかった。

「これってもう雰囲気に流されているんじゃ……いや、ダメ、絶対！」

わたしはあくまでも、おばあ様のために妻のふりをするだけだ。だから雰囲気に流されるなんてことあってはならない。

そうはわかっているけれど……ここから先、尊さんからの誘惑に耐えることができるんだろうか。

「なんとかして、そういう雰囲気にならないようにもっていかなくては」

尊さんとしては、からかっているだけかもしれない。けれど、わたしにとっては心臓に悪いことこの上ない。

「これじゃ、わたしが倒れちゃう」

あれこれ考えていると扉がノックされた。

「そろそろ、準備しないと朝食に間に合わないよ」

外から優しく声をかけてくれた尊さんに「はい」と短く返事をして、わたしは部屋にあるボストンバッグの中から自分の服を引っ張り出した。


朝食を終えたわたしは、玄関ホールで仕事に向かう尊さんを待っていた。

うっ……ちょっと調子に乗って食べすぎたかも。

昨日寝落ちするまでワインを飲んで、本当なら朝食はパス——となるはずなのに、並んだ豪華な食事を見て、思わずあれもこれもと食べてしまった。

おばあ様いわく〝食道楽〟らしく、食べ物にはこだわっているようだ。

川久保家専属の料理人が用意してくれた本日の朝食は、完璧な和定食だった。焼き魚に出汁《だし》巻き卵、青菜のお浸し、自家製の漬物、それに炊き立てのほかほかの白いご飯。旅館のような朝食に思わず箸が止まらなくなってしまった。

気をつけないと、すぐに太ってしまいそう。

「那夕子、わざわざありがとう」

「えっ！　あ、はいっ」

いつの間にかホールに下りてきていた尊さんに驚いた。

「なに、どうかした？」

ぼーっとしていたわたしを、尊さんは腕時計をつけながら覗き込んだ。

「いえ、大丈夫です！」

朝食を思い出していたなんて……食いしん坊だと思われてしまう。

持っていた彼のビジネスバッグを手渡す。

「朝、妻に見送られるのもいいものだね」

「そう……ですか」

便宜《べんぎ》上の妻でも、そういうものなのだろうか。

「祖母のこと、よろしくお願いします」

「あの……お仕事、頑張ってください！」

できるだけ明るく、声をかけた。

夫婦のふりではあるが、少しでも気持ちよく出勤してもらいたい。

「ああ。頑張るよ」

玄関ホールのはめ込み窓から差し込む光が、尊さんを眩しく照らした。ふんわりと笑った後、背をかがめた彼がわたしの頬に口づけをした。

「……っ！」

目を見開いて、一歩後ずさろうとするわたしの耳元で彼が囁く。

「祖母があちらから見ているんだ。このまま続けて」

うそ……そうなの？

さっきまでキスでドキドキしていたはずの心臓が、キュッと縮んだ気がした。

彼はゆっくりと体を起こすと、わたしの髪をそっと撫でた。

「いってきます」

「いっ……ってらっしゃい」

見られていると思うと緊張してしまい、声が掠《かす》れた。

尊さんはクスクスと笑った後、扉を開けて出ていく。「早く帰ってくるから」と満面の笑みで、本当の旦那様のような言葉を残して、出社した。

彼が乗り込んだ車を見送ると、体から力が抜けた。

はぁあああ。朝から疲れた。

ひと仕事終えたかのような疲労感を覚え、振り返る。廊下の先には、おばあ様と秋江さんがこちらを見てニコニコと微笑んでいる姿があった。

「お見送りご苦労様」

「いえ、元気に出勤なされてなによりです」

なんて言えば嫁として正解？　探り探り口にする。

「当たり前でしょう。かわいい妻の見送りがあるのですからね。ほほほ」

そう言いながら部屋へ戻っていく姿を見て、なんとかここは乗り切れたのだとほっとした。

「さてと……」

パンパンと手を叩き、好きに使っていいと言われた寝室を見渡した。

持ってきた荷物を片付けると、広い部屋がガランとして見える。

もともと荷物なんてあってないようなものだった。翔太と暮らしていたマンションにはわたしが買った家具もあったけれど、持って出ようと思うほどの愛着がなかったので、いらなければ処分してもらうように置手紙をして出てきた。

着替えと化粧品、少しの雑貨とタブレット。たったこれだけだ。一時間も経たずに片付けは終わってしまった。

そうなってくると、途端に手持ち無沙汰になる。

尊さんからは『今日はゆっくりするように』と言われたけれど、もともと忙しくしているほうが好きなので、落ち着かない。

仕事も部屋も得られた今、昨日までのようにあちこち出歩く必要もない。仕事に打ち込んできたせいで、これといって夢中になれる趣味もない。

本来の自分の仕事――おばあ様のお手伝いに……と思ったけれど、尊さんから教えてもらったおばあ様の一日のルーティンによると、この時間は部屋で静かに過ごされているとのこと。病人の安静を邪魔するべきではない。

「秋江さんに、なにか手伝えることがないか聞いてみよう」

時間を持て余したわたしは、結局秋江さんを頼ることにした。

母屋に向かい、台所の辺りに秋江さんがいるのではないかとキョロキョロしながら歩く。

彼女がこの家の家事や雑事を取り仕切っていると聞いた。時代が時代なら女中頭といったところだろうか。彼女に聞けば、きっとなにか仕事があるに違いない。

秋江さんを探していると、廊下の向こうから、大きな桜の枝を抱えた女性が歩いてきた。見るからに大変そうだ。

「あの、もしよろしければお手伝いしましょうか?」

見かねて声をかける。

「ありがとうございます。アルバイトの子が休んで大変だったんですよ」

わたしに花を渡しながら言った女性は、出入りの花屋さんだった。この屋敷にある花を週に一回ほど入れ替えに来ているらしい。ちなみに立派な庭も彼女の父親が手入れをしているとのことだ。

廊下の突き当たり。そこには大きな花瓶があり、今はミモザの花を中心とした鮮やかで豪華な装花が飾られていた。それを台座から下ろし、別の花器へ取り替えた。

「奥様の大好きな桜が花をつけ始めたので、さっそく持ってきました」

「少しピンクが濃いですね」

「ええ、これは河津桜《かわづざくら》と言って比較的早咲きの品種なんです。三月から四月にかけては、色々な桜の花をお持ちするんです。奥様が大変喜ばれるので。今年は大分早めに手に入ったので、喜んでくださるといいのですが」

彼女は話をしながらも、てきぱきと花を活けていく。

こういった芸術的センスが皆無のわたしだが、一から作品を作り上げていく姿を近くで見てその素晴らしさに圧倒される。

少しでもお手伝いをと思い、散った花びらや枝、新聞紙などを片付けていると、廊下の向こうから白いエプロンをつけた秋江さんが焦った様子でこちらに来る姿が見えた。

「な、那夕子様っ！　そこでいったいなにをなさっているのですか？」

秋江さんがどうしてそんなに焦っているのかがわからなくて、ほうきを持ったままきょとんとしてしまう。

「なにって……お掃除ですけど」

「お掃除！　どうして那夕子様が……そのようなことを」

ほうきを取り上げられてしまう。

「那夕子様って？」

花屋の女性も秋江さんの様子に驚いたようだ。

「こちらの方は、尊様の妻。川久保家の若奥様です」

「わ、わか――」

花屋の女性が驚く前に、わたしが声をあげた。

「若奥様って、わたしが？」

自分を指さしたわたしに、秋江さんは力強くうなずいた。

「左様でございます。色々ご事情があるのは存じ上げておりますが、尊様からは若奥様として接するようにと言われておりますので」

まさか秋江さんにまで、協力を仰いでいたなんて思わなかった。

「でもわたしはおばあ様の――」

「とにかく、那夕子様はこの家の大切な方ですから。このようなことはなさらないでください」

ほうきを突きつけるようにして、言い渡された。

「は……はい。以後気をつけます」

秋江さんのことを優しいと思っていたけれど、この家を取り仕切っているだけあって、逆らえそうにない迫力だ。きっとこちらが本来の秋江さんの姿なのだろう。

巻き込まれた形になった花屋さんは、どうしていいのか戸惑っていた。

「すみません、邪魔をしたみたいで。続けてくださいね。出来上がりを楽しみにしています」

ここにいては気を使われるだけだと思い、そそくさと退散することにした。

尊さんがおばあ様のために、ここまで根回ししていたとは。

この家では完璧な〝若奥様〟を演じなくてはならないのだと、改めて実感した。

「はぁあぁ」

大きなため息が出る。

午前中だけでもぐったりと疲れてしまった。

午後の陽射しの差し込むおばあ様の部屋では、白衣姿の男性が診察をしていた。

彼は川久保家のかかりつけの主治医で、中村《なかむら》先生。尊さんとは中学高校と同級生だったらしく、この家には昔から出入りしていたという。そんな縁もあり、おかかえ医師としてお世話になっているようだ。

おばあ様は心臓の病気に関しては定期的に三島紀念病院へ通っている。そしてそれ以外に週に一度は中村先生の診察も受けているのだ。

彼は部屋に入るなり、わたしのことをチラッと見ただけで、特に気にする様子もなく診察を始めた。もしかしたら、尊さんが事前に説明していたのかもしれない。

「豊美さん、ご飯はおいしい?」

中村先生は聞き取りやすいように、ゆっくり声をかける。

「そんな年寄りに話すみたいにしないでちょうだい。急に老けた気がするわ」

眉間に皺を寄せたおばあ様を見て中村先生は、ははは と笑った。

「十分老人だから、無理しないこと。いい?」

「わかっていますよ。那夕子さん……先生を玄関までお送りして」

「はい」

もともとそうするつもりだったわたしは、部屋を出た中村先生の隣を歩いた。

この中村先生、尊さんに負けず劣らずかっこいい。身長は尊さんと同じくらい、百八十センチ近くあるだろうか。黒髪から覗く一重瞼はワイルドな印象で、一瞬とっつきにくそうだったが、おばあ様を診察している姿を見ていると、とても丁寧な人だということが窺い知れた。

「で、君は誰なの？」

話を切り出す前に、向こうから声がかかる。

「尊さんからお聞きになっていませんか？」

てっきりさっきの様子から事情を把握しているものだと思っていた。

「いや、ただあの場ではなにも聞かないほうがいいと思っただけ」

なんと勘の鋭いことか。

わたしは順を追って、どうしてこの川久保家に滞在しているのかをかいつまんで話した。

神妙な顔つきで話を聞いていた中村先生は「ふ～ん、豊美さんがねぇ」とだけ言って黙ってしまう。

わたしはそこで気になっていたことをズバリ聞いた。

「おばあ様……豊美さんの言動はやはり認知症の症状と捉えていいんでしょうか？」

「それは、詳しい検査をしてみないとはっきりとしたことは言えない」

そこまで言って中村先生は、まじまじとわたしの顔を見た。それはもう不躾《ぶしつけ》なほどに。

「でも、まあ。おそらくボケてはいないと思うよ。ちゃんとまともな相手を選んでる」

「え？　それってどういう意味ですか？」

「さあ、どうだろうな」

中村先生はわたしの質問に、意味ありげな笑みを浮かべただけで答えてはくれなかった。

なんだか、この人もちょっとひと癖ありそうだな。類は友を呼ぶとは、昔の人はよく言ったものだ。

「これ、今までに豊美さんの病状説明で使った資料。尊にも渡してあるけど、看護師である君が見ておいたほうがいいと思う」

「ありがとうございます」

思いのほか丁寧な字で書かれている。

「職業柄理解できるとは思うが、わからないことがあれば連絡して。今日診たところでは、落ち着いているようだけれど。これ、連絡先」

クリニックの住所とスマートフォンの番号が書かれた名刺を渡された。

「わかりました。ありがとうございます」

わたしの仕事はおばあ様の看護がメインだ。この資料をしっかり読み込んで、病状について把握し、病気への理解を深めなくては。

資料を手に決意を新たにしているわたしを見た中村先生は、クスクスと笑った。

「こんなことに巻き込まれて、君もたまったものじゃないな」

「まあ、乗りかかった舟とでもいいましょうか……」

同情めいた言葉をかけられて、あははと乾いた笑いを漏らす。

ホールに出ると、秋江さんが先回りして玄関の扉を開けてくれていた。

「ずいぶんお人よしなんだな」

自分でもそう思う。しかし正直に口にすることがはばかられ、苦笑いで返す。

「ははは。尊も、うまくやったもんだな」

「尊さん……？」

今どうして、彼の名前が出てきたんだろう。

「いや、なんでもない。頑張って」

中村先生はわたしの背中をポンッと叩くと、車に乗り帰っていった。

「どういう意味？」

首を傾げたわたしは資料を一度部屋に置くと、おばあ様のもとに向かった。

昨日までは寒い日が続いていたのに今日はとても暖かい。わたしはおばあ様と一緒に広い庭を散歩していた。

あれこれと話をしながら、ゆっくりと車椅子を押して歩く。

どこからか、つたないウグイスの鳴き声が聞こえてきて、ふたりで声を出して笑った。

「いつの間にか、春になったのね」

「そうですね。とても気持ちがいいですね」

手入れの行き届いたバラ園、その先には橋のかかった人工池がある。

「あそこはね、小さなころ尊が二度も落ちたんですよ。一度目は大泣き。二度目は落としたボールを拾って満足そうに笑っていました」

たしかサッカーが好きだったと言っていた。この辺りで練習をしていたのかもしれない。

小さなころのやんちゃな姿を想像して、思わず顔がほころんだ。

「とても素敵なお庭ですね」

至るところに思い出がある。

それだけ手入れされ、大切にされてきたということだ。

しかしそんな庭の一角に、明らかに最近工事された跡があった。

「あちらは、どうかなさったんですか?」

「ああ、あれね……」

おばあ様の声のトーンが一気に下がった。わたしは尋ねてしまったことを、後悔する。

わたしってば、少しは考えないと……。

「すみません」

「いえ、那夕子さんは知らないでしょうから、気にしないで。あそこには、わたくしがこの家に嫁いできたときに、夫が植えてくれた桜の木があったの。毎年少しずつ大きくなっていってね、春が来るのを心待ちにしていたものよ」

当時を思い出して、口元を柔らかくほころばせている。

「でも、二年前の台風で倒れてしまってね。なんとか修復をと、庭師も頑張ってくれたのだけれど、結局危ないからと伐採してしまったの」

それはとても寂しそうに語ってくれた。

「やっぱり、この時期になると恋しくなるわね」

わたしのほうを見て笑みを浮かべるけれど、寂しさの滲む笑顔は、なんだか切ない。

「そうだったんですね」

それ以上、なんと言えばいいのかわからずに、わたしは止めていた足をゆっくりと動かし散歩を再開させた。

「そんなに熱心になにを読んでいるんだい？」

離れにある尊さんの私室のリビングで背後から声をかけられて、はっとして顔を上げる。

「尊さん！　お戻りだったんですか？　すみません、お出迎えするべきだったのに」

まったく気がつかなかった。

時計を確認すると、まもなく二十二時になるところだった。

「いや、帰宅時は気にしなくてもいいよ。祖母も休んでいるだろうし、日付が変わることも珍しくないからね」

尊さんはネクタイを緩めながら、わたしの持っている資料を覗き込んだ。

「今日、中村先生の往診日で、おばあ様のこれまでの経過を知るために資料をお借りしたんです。尊さんも同じものをお持ちだと聞きました」

「ああ……そうだった。僕から説明するべきだったね。大切なことなのに、すまない」

「いえ。直接診察に立ち会って、医師から話を聞いたほうがいいかなと思っていたので、大丈夫です」

「そうか。それでものすごく真剣な顔をしていたってわけだ。ここ、皺が寄ってる」

尊さんがわたしの眉間を人差し指でツンッとつついて、笑う。

「……っ」

どんな顔をしていたのだろうか。恥ずかしくて彼が触れた場所を照れ隠しで触ってごまかした。

「あ、あの……わたし、おばあ様の介護計画のようなものを立ててるんです。出来上がったら、尊さんに提出しますね」

思いつくままに書いたレポート用紙を見せる。

「そうか、そこまでしてくれるなんてありがとう。僕の奥さんは仕事熱心だな」

「そ、そんなっ！　当たり前のことですから」

褒められるようなことをしたつもりはない。仕事なのだから、当然なのに。

そんなに優しい目を向けられると、ドキドキしてしまう。せっかく仕事モードだったのに、完全に意識が尊さんへ向かってしまった。

彼はわたしの殴り書きのレポート用紙を読み込んでいる。こんなことなら、もう少し丁寧に書くんだった。

そこではたと気がついた。

尊さんがまだスーツのままだということに。

仕事で疲れて帰ってきて早々、迷惑だったのではないだろうか。

「すみません。お疲れのところ、明日以降、お時間のあるときに改めたほうがいいですか？」

「ん？　別にかまわないよ。でも、こうやって僕の体のことを気遣ってもらえるのは、うれしいかな」

口元を少しほころばせただけで、彼はそのままわたしの計画書を精査している。

「ん、これは？」

彼が指さしたのは、『お花見』と書いた箇所だ。

「それですね、おばあ様に庭の桜の木の話を聞いたんです。それで、お花見にお連れできればと思ったんです」

「花見……ね。たしかに最近は昔みたいに出歩くことが少なくなったからな」

体が不自由になると、外出……ましてや遠出となると、難しくなる。

「わたしがいる間だけでも、おばあ様が喜びそうな場所にお連れしたいな、と思って。今日お話していて思ったんですが、おばあ様はお元気だったころ、旦那様とたくさんご旅行に行かれたとか。だからお出かけなされば喜ばれると思うんです」

「たしかに祖母は、すごくアクティブな人だった。きっと今でも好奇心は旺盛だと思う。僕がそこまで気を回してあげられていなかったな。反省しなくては」

「仕方のないことです。介護はご家族だけで背負われるものではないですから。プロの手を借りるのも大切なことです」

大切な家族だからこそ、一生懸命になってしまう。しかしそれが家族の大きな負担にならないようにしなくてはならない。すごく難しい問題だ。

「じゃあ、僕は幸せ者だ。妻がこうやって一緒に寄り添って悩んでくれるんだから」

「つ、妻って……わたしは、看護師としての立場から言ってるんですよ」

「それでも、親身に考えてくれてありがとう」

本当に当たり前のことをしているつもりだ。それでも『ありがとう』と感謝の言葉をもらうとうれしい。

にっこりと微笑まれて、彼の手が伸びてきた。

笑顔だけでも破壊力抜群で心臓が痛いくらいなのに、もし触れられてしまったら……。

「あ、あの！　それでご相談なのですが」

彼の動きを止めるように、わたしは声をあげた。

「ん？　なにかな。なんでも言って」

「車をお借りできないかな……と思って。尊さんの車を運転するのは緊張するので」

彼の車はツーシーターで、足の弱いおばあ様を乗せるのには向かない。そしてなによりも高級すぎる。ぶつけたらどうしようと、気になって運転できそうにない。

「運転手さんに言えば、車を出してもらえるけれど、それではダメということ？」

わたしはうなずいて理由を説明する。

「それだと、あくまで移動手段になってしまいそうで。目的もなくドライブしたり、ふらっとカフェに立ち寄ったりしたいので、わたしが運転したほうがいいような気がするんです」

「たしかに、言われてみれば。そうなると僕の車だと祖母にはきついな」

「注文をつければ、小さめの小回りの利くものがいいです。運転しやすいので」

この家には尊さんの車以外にも、二台ほど車がある。けれど、どちらもセダンの大きなタイプ。そして、目が飛び出すほど高級。ぶつけたりしたときのことを考えれば、軽自動車をレンタルするほうが安上がりだろう。

「お花見に行く前に、おばあ様とショッピングに出かけたり……近場で外出に慣れておきたいな、と思って」

「わかった、すぐに手配する。ありがとう、一日でこんなに考えてくれて。もう少しゆっくりしてくれてよかったのに」

「わたし、貧乏性なのか、動いているほうが好きなんです」

花屋さんの手伝いをして秋江さんに怒られた話をすると、尊さんは声をあげて笑った。

「そうか、そんなことがあったのか。あはは、そのときの秋江さんの顔を見たかったな。明日からは怒られても那夕子の好きなようにすればいい。僕は全面的に応援するから。君の一番の味方は僕だ」

「……あ、ありがとうございます」

きっと、なにか特別な意味があるわけではない。けれど、尊さんの〝味方〟という言葉が頼もしくて、胸に響いた。

つい先日まで、恋も仕事も失ってひとりぼっちになってしまったような気分だった。なんとか前を向こうとしていたけれど、なかなかうまくいかずにいた。

けれど、今はこうやって温かい言葉をかけてくれる人がいる。人の縁とは本当に不思議なものだな。

「わたし、一生懸命頑張ります。不束者ですがよろしくお願いします」

改めて頭を下げたわたしに、尊さんは一瞬驚いた顔を見せた。しかし次の瞬間わたしに手を差し出した。

「こちらこそ、よろしく。僕の奥様一日目、お疲れ様でした」

わたしは尊さんの手を握る。

優しく温かい手に力がこもると、なんだかとても安心できた。


そして一週間後の昼下がり。

わたしは驚愕《きょうがく》に口をぽかんと開けていた。

「な、なんですか……これは」

川久保邸の来客用の駐車スペースに、ドイツの有名自動車メーカーの赤い車が届けられた。

「あら、とってもかわいいわ。ね、秋江さん」

「そうですね、那夕子様にぴったりです」

おばあ様と秋江さんの会話を横で聞きながら、わたしは頭を抱えてしまう。

なんで、こんなことになっちゃったの……？

「あの、この車は？」

「ご主人様からご依頼いただきまして、お持ちいたしました」

わたしよりも少し若いディーラーの男性は、ニコニコと笑顔で鍵を差し出した。

「奥様を驚かせたかったということですので、ご主人様のサプライズは大成功ですね」

ええ、とっても驚いていますっ！

だからにっこり鍵を差し出されても『ありがとうございます』と受け取るわけにはいかない。

「あの、少々お待ちくださいね」

わたしは皆に背を向け、自分のスマートフォンを取り出すと、尊さんに電話をかけた。

緊急事態でない限り連絡はしないようにしていたが、今はそんなことを言っていられない。

《もしもし、那夕子？　車が届いた？》
「はい、そのことでちょっと問題が」
《もしかして気に入らなかった？　君のリクエストで小回りの利く小さな車を選んだつもりだけど。もしかして色がダメだったのかな？》
まったくもって見当違いだ。
「あの、どうして新車が届くんですか？　わたしはレンタカーかリースのつもりで相談したんですよ」
《なんだ、もしかして遠慮してる？》
「ちがいます。もったいないですよ、しかも外車だなんて」
わたしには分不相応だ。
その言葉で尊さんもやっと意図を理解したようだ。
《値段のことを言っているわけ？　それなら気にしなくていいよ》
「しますよ」
《僕の知っている限り一番安全だと判断したから選んだ。大切な人が乗るのだから、そこは譲れない》
「たしかに、おばあ様の安全を考えればそうかもしれませんが」

運転中にもしものことがあったらと考えれば、尊さんの言い分も少し納得できる。

《祖母のことだけじゃないよ。那夕子も僕の大切な人なんだから。なにかあったときに僕を後悔させないでほしい》

「えっ……な、なんで、わたし？」

《さっきも言った。大切な人だと》

優しい声が耳に響く。

その言葉に嘘がないのが伝わってきて、うれしくて胸がキュッと小さく音を立てる。

尊さんは少し、かりそめの妻に優しすぎるのではないだろうか。

《と、いうことで。ドライブ楽しんで。僕もできるだけ早く帰るから》

彼が仕事中だということを、やっと思い出した。これ以上長引かせるわけにはいかない。

「わかりました。大切に使わせていただきます」

彼の優しさに結局のところ、わたしが折れる形になってしまった。

振り向くとおばあ様はうれしそうに車の傍らに立って、秋江さんに写真を撮ってもらっている。

「那夕子さん、一緒に写って！　尊に見せましょう」

「はい。今、行きます」

わたしは笑顔で駆け出した。

「それでおばあ様のリクエストでファミレスに行ったんです。ドリンクバー初体験みたいで、大変喜ばれていました」

わたしは毎日の日課である、おばあ様との今日の出来事を話していた。いわば業務報告のようなものだ。

「近くにいた小学生が、ドリンクをミックスしているのを見て真似てみたり、本当におばあ様の好奇心はすごいですよね」

尊さんの上着を受け取り、ハンガーにかける。

彼は最初はこういったお世話めいたことは拒否していたのだけれど、わたしが〝妻の務め〟だと言うと、任せてくれるようになった。

最近は、彼に対してどういう行動をすればいいのか、少しずつわかってきたような気がする。

尊さんはたしかに強引ではあるのだが、わたしが本当に嫌がることは決してしない。

初日こそ、不可抗力でベッドをともにするというアクシデントがあったが、それ以降、彼は書斎で、わたしは寝室で別々に寝ている。

　懸念していたスキンシップうんぬんについては、いってらっしゃいのキスをわたしからしてほしいという要望をもらっているけれど、なんとか今のところうまくごまかしている。まあ、尊さんのほうから毎朝、頬や額にしている事実はあるのだけれど。どちらかといえばわたしばかり、あれこれしてもらっていて申し訳ない。尊さんもおばあ様も秋江さんも、その他の屋敷の人たちもとてもわたしによくしてくれる。だからできることは、なんでもやろうと思って申し出ているのだ。

「ドリンクバー？　それは僕もまだ未経験だな。祖母に先を越された」

「えっ？　ドリンクバーご存知ないんですか」

「そんなに驚かれると、少しショックだな。まるで僕が世間知らずみたいじゃないか」

いや、十分そうだと思うけれど……世間知らずというか、浮世離れというか。

「すみません、そういうつもりじゃないんですけれど……ぷっ……ふふふ」

拗《す》ねた様子の尊さんがかわいく見えて、思わず吹き出してしまった。

「祖母ばかりずるいな。次は僕と一緒に行かないか？」

「え？　ドリンクバーですか？　いいですよ。そんなところに行きたいなんて、ちょっと意外です」

尊さんのような大人の落ち着いた人が、ドリンクバーの前に立っているのを想像してミスマッチにおかしくなり、笑いが止まらなくなる。

「君と色々なところに出かけたい。ただそれだけだよ」

「……え⁉」

彼の意味深な言葉を聞いて、笑いがピタッと止まった。

「だから、お花見は僕も一緒に行く。楽しみだな」

にっこりと微笑まれたわたしは「はい」と短く返事をすることしかできないほど、彼の言葉に動揺していた。


おばあ様の部屋は、午後の陽射しが差し込んでいて明るい。

その中で、中村先生の週に一度の診察がなされていた。

「うん。いいよ。ここ最近、顔色もすごくいい。豊美さん、若返ったんじゃないの？」

まるで自分の祖母かのように話をする中村先生に最初は驚いたけれど、二度三度とその様子を見ているうちに、そう気にならなくなった。おばあ様は尊さんの友人である中村先生をとてもかわいがっているのがわかったからだ。

白衣のポケットに聴診器をしまう先生を、おばあ様がからかう。

「若返ったなんて、うれしいわ。中村くんのお嫁さんに立候補しようかしら」

「勘弁してくれ……」

彼が本当に嫌そうな顔をするのを見て、思わず吹き出しそうになったのを我慢する。

「あら、失礼ね」

おばあ様もそうは言っているけれど、顔は笑っていた。

「まあ、中村くんはまずはお嫁さんよりも看護師さんをどうにかしないと。まだ次の人見つからないの？」

もともと中村クリニックには、五十代のベテランの看護師がいた。しかし神戸《こうべ》に住む娘さんが切迫早産で入院をすることになり、孫の面倒を見るために手伝いに行っているらしい。期間は半年ほどの予定。

「期間が決まっているとなると、なかなか難しいんだよ。あれ、え〜と」

なにかを探している様子なので、これかな……と思い、ボールペンを手渡す。

「ああ、ありがとう……あ、そうだ、君……」

中村先生はまじまじとわたしを見た後、にやっと笑った。尊さんに負けず劣らずのいい男が、悪巧みをする顔は心臓によくない。

「豊美さん、見つけた。この人、俺に貸してくれない？」

「わ、わたしは、ダメですっ！」

ブンブンと手を振って、全力で拒否の意志を伝える。

しかしおばあ様は中村先生の提案に乗り気のようだ。

「あら、どうして？　いいじゃない、那夕子さん。せっかく資格を持っているんだし。尊があんなだから、あなたも暇を持て余してるんじゃゃなくて？」

「いいえ、そんなことないです！　おばあ様もいらっしゃいますし」

まさかおばあ様まで賛成するとは思わなかった。完全に不利だ。どうやって断ったらいいんだろう。

「月・水・金の午前中にクリニックを手伝ってくれるだけでいい。午後は訪問診療がほとんどだから、俺ひとりでも問題ない」

「こちらも不都合はないわ。わたくしは午前中はいつも部屋にいることが多いですから、午後からはわたくしと今まで通り、過ごしましょう」

「でも……尊さんに聞いてみないと」

そもそもわたしはおばあ様のお世話をするために雇われているのだ。勝手に中村先生のところで働くなんて決められない。

「あら、尊には事後報告で結構よ。中村くんが困ってるみたいだから、那夕子さん助けて差し上げなさい」

にっこりと微笑むおばあ様。笑っているけれど、イエスの返事しか聞いてくれないだろう。

尊さんは、おばあ様似なのかもしれない。有無を言わさないような雰囲気を醸し出すのがうまい。

「……わかりました」

結果が見えてしまった以上、無駄に闘わないほうが賢い選択だ。

諦めたわたしは、力なくうなずいた。


部屋に、コーヒーの香りが広がる。鼻腔をくすぐる深みのある芳醇《ほうじゅん》な香り。

尊さんがときどき淹れてくれるコーヒー。それをお供に、その週にあった出来事をじっくりと話すのが、金曜日の夜のわたしたち、かりそめ夫婦の約束事のひとつになっていた。

わたしはさっそく今週の話を、尊さんに報告する。

「小さなクリニックって聞いていたのに、患者さんも多くて、初日はやっていけるのか不安でした。受付や事務は初めてだったので」

わたしは少しお行儀が悪いけれど、ソファの上で膝を抱えて座っていた。

カウンターキッチンに立つ尊さんはちょっと驚いた様子で、ハンドドリップの手を止めた。

「そんな仕事まで？　看護師として採用されたんだよね？　っと、僕が言える立場ではないけど」

川久保家でも看護師として採用されたはずだが、実際はおばあ様の話し相手くらいしかしていない。ここでの仕事のメインが〝かりそめの妻〟になりつつあることを、言っているのだろう。

ちょっとばつが悪そうな尊さんを見て、少し笑ってしまった。

「受付の人が立て込んでいると、放っておけないじゃないですか。ついつい……ね」

そう肩をすぼめたわたしを見て、尊さんは「那夕子らしいね」と、呆れ顔を見せて笑った。

わたしが、成り行きで中村先生のクリニックの臨時看護師をすることになった事情を尊さんに伝えたとき、彼は『やりたいなら、やればいいよ。応援する』と言ってくれた。

実は中村先生に誘われたとき、心の奥底では看護師として働きたいと思いながらも、すでに雇われの身であるわたしとしては、その気持ちをわがままだと抑えつけていた。

しかし尊さんは、あっけなくそれを見破ってしまったのだった。

「あのとき、尊さんが背中を押してくれてよかったです。やっぱり看護の仕事が好きなので。あ、もちろん、おばあ様のお世話が嫌ってわけじゃないんですよ。むしろそれは癒やしというか、安心できるというか……とにかく」

話せば話すほど言い訳じみて聞こえてしまう。それに焦って、いつもよりも早口でしゃべる。

「あはは！　那夕子の気持ちはわかっているから、少し落ち着いて」

なだめるようにわたしの肩を撫でて、反対の手で温かいコーヒーのマグカップを差し出してくれた。受け取り両手で包むと、じんわりとぬくもりが伝わってきた。

「ありがとうございます」

「いいえ。働き者の妻にこのくらいさせて」

ねぎらいの笑みを浮かべて、尊さんがわたしの隣に座った。

一緒に過ごした時間は、まだそう長くはない。けれど尊さんはわたしの気持ちをよく理解してくれていると思う。

それはもともと彼が人の気持ちを汲むのが上手だということもあるけれど、わたしをしっかりと気にかけてくれているからだと伝わってくる。

人との関わりでは、お互いのことをよく見ていないと気がつかないことがたくさんある。そういう点では、翔太とわたしはもうずっと前に終わっていたのだろう。

ふと嫌なことを思い出しそうになって、尊さんに意識を戻した。

「尊さんのほうが、忙しいですよね。昨日もずいぶん遅かったみたいですし」

看護師の仕事を長くしていても、新しい職場になると覚えることも多い。昨日は結構遅くまで、あれこれと手順を思い返していたのだが、それでも彼はまだ帰ってきていなかった。

「もしかして、僕を待っていてくれた？」

彼が少し身を乗り出し、顔が近づく。嫌じゃないけれど、意識してしまう。

「いえ、仕事の予習、復習をしていただけです」

いまだに慣れずにドキドキする。けれどそれがばれないように平静を装う。

「なあんだ。期待したのにな」

そのちょっと残念そうに見える笑顔の下にあるのは、本音ですか？　それとも冗談ですか？

思わず聞きたくなってしまったけれど、ぐっと耐えた。

答えをもらったところで、どう返事をしたらいいのかわからないからだ。

そもそも、どうしてそんなことを知りたいと思ったのかさえ、定かではない。

自分の気持ちなのに、なんだか頭と心がちぐはぐで、困ってしまう。

黙り込んだわたしを気にする様子もなく、尊さんはコーヒーをひと口飲んだ。

「どう？　なにか困っていることはない？　家のこと以外でもなんでもかまわないよ」

尊さんは、話を聞き出すのがうまいと思う。こうやって話しやすい空気を作ってくれて、そしてうまい具合に相槌《あいづち》を打ってくれる。

気がつけばペラペラと話をしていることも多くて、自分でも驚くことしばしば。

きっとビジネスの場面でもこのスキルを遺憾《いかん》なく発揮しているのだろう。創業家の血筋だとしても、彼自身に人望や手腕がなければ専務の仕事は務まらないはずだ。

彼の人としての素晴らしさを改めて感じながら、わたしは口を開く。

「おばあ様のことなんですけど」

「祖母がどうかした？」

尊さんはそれまでの笑顔を引っ込めた。

「あの……おばあ様は本当に認知症のせいで、わたしのことを尊さんの妻だと思っているのでしょうか？」

「それはどういうこと？」

尊さんは一瞬なにかを考えるような仕草を見せた後、しっかりとわたしのほうへ体を向けた。

「気のせいかも知れないですけど、おばあ様は普段はわたしが驚くくらいしっかりされていて、記憶が飛んだりするようなことはないんです。それこそ、きちんと昨日の夕食のメニューも覚えていらっしゃって――」

「そうなのか」

深く考え込む尊さんを見てフォローをする。

「もし、認知症ではないというのであれば喜ばしいことなので、一度検査をしてもいいのかもしれませんね」

「ああ、そうだな。だが、おそらく祖母はあんな感じだから、おとなしく検査なんか受けないと思うんだ」

たしかに言われてみればそうだ。普段のおばあ様はとてもしっかりしている。おそらく事情を説明しても診察を拒否されるに違いない。

「もし今、那夕子が困っていないなら、祖母のことは中村とゆっくり相談しながらやっていこう」

主治医である中村先生も認知症の可能性は低いとおっしゃっていた。

それならなおさらなぜわたしが尊さんの妻だと言ったのか、そしてその後も本当に川久保家のお嫁さんとして扱ってくれているのかも理解ができない。

けれどこれ以上は、本当の家族でもないわたしが首を突っ込むことではないように思えた。

「クリニックの仕事のほうはどう？　中村にこき使われていないか？」

「ええ。大丈夫です。でも……内緒にしてほしいんですけど、中村先生のクリニックが、あんなに人気だなんて想像していませんでした」

「あははっ！　那夕子は正直だな。たしかに見かけだけだと中村は、適当な人間に見えるから」

彼は口元をほころばせたまま、コーヒーを口に運んだ後、話を続けた。

「でも、中村の腕は確かだよ。そうでなければ主治医をお願いしていない」

尊さんの言う通りだ。

中村先生のクリニックには老若男女問わず患者さんが集まっていた。クリニックでの診療は午前中のみ。それでも三島紀念病院の医師と変わらないくらいの、いや、それよりも多いくらいの診察をこなしていると思う。

「おっしゃる通りだと思います。患者さんがみんな中村先生を信頼しているのがよくわかりました。診察も的確で――」

「ストップ」

「……え?」

尊さんの大きな手が、わたしの顔の前に差し出された。視界が彼の手のひらで埋まる。

「那夕子、中村のこと褒めすぎ」

なにを言っているのだろうか?

珍しく不機嫌になった尊さんの顔を見て、きょとんとしてしまう。

まだ理解できないわたしに、尊さんは少し眉を上げて言い含めるようにして話して聞かせる。

「那夕子は、僕の妻だろう。それにもかかわらず他の男を褒めるなんて。聞いていて気分がよくない」

むすっとした表情を浮かべる尊さん。

わたしはおかしくなって吹き出してしまう。

「なに言ってるんですか? ヤキモチみたいに聞こえますよ」

あははと声をあげて笑う。

「ヤキモチだ」

彼の言葉に、それまで笑っていたわたしは固まった。

「紛れもなく、ヤキモチだよ」

彼は唇を引き結んだまま、じっとわたしを見つめた。慌てて目を伏せる。

「なに……なんで……」

彼の視線が言葉とともに、わたしを混乱させる。

「妻にヤキモチを焼くのは当たり前だろう」

それはそうだけれども、わたしたちは本当の夫婦ではないのに。

視線を上げ、彼の顔を見る。

「それくらいの権利、僕にくれてもいいよね?」

目が合った瞬間、顔がかあっと熱くなる。

そんなことわたしに聞かれても、判断に困ってしまう。こんな状況に今までの人生で一度もなったことがないのだから。

「……お好きにどうぞ?」

とっさに出た言葉に後悔する。

ああ、なんでこの言葉を選んだんだろう。

失敗したと思っても、もう遅い。

尊さんは、一瞬目を見開いて驚いた後、たっぷり息を吸って声をあげて笑った。

「あはは、〝お好きに〟かい？　それはいいね。とてもいい」

わたしはおなかを押さえて笑う彼を見て、ますます顔を赤くした。

「お言葉に甘えて好きにさせてもらおうかな。もっともっと好きにさせてもらう」

尊さんの声のトーンが落ちる。

糖度の増した大人の笑みを浮かべた彼を前に、わたしはドキドキと胸を高鳴らせるばかり。

次からは言葉に気をつけようと、心に誓った。


ある日の夕方。わたしは珍しく遅くまでクリニックに残って、受付の真鍋《まなべ》さんの仕事を手伝っていた。

帰り支度を始めていると、入口のドアが開いた。

「那夕子、もう終わりだろう？」

顔を覗かせたのは、スーツ姿の尊さんだった。

「どうかしたんですか？　明日まで出張だったはずじゃ？」

受付カウンターから出て、彼のほうへと駆け寄った。

「妻が恋しくて、一日繰り上げて帰ってきた。デートしないか？」

「デ、デートって……」

にっこりと笑う尊さんは、わたしにバラの花束を差し出した。びっくりして目を見開く。

「これを受け取って、うなずいてくれるよね？」

なんてキザな……とも思うが、悔しいけれど様になっている。

わたしは思わず笑って「喜んで」とバラを受け取り、誘いを承諾した。

カウンター内に置いてあったカバンを手に取る。

隣でそれを見ていた真鍋さんの目が、まるで王子様を見るかのようにキラキラと輝いている。そして視線は尊さんに向けたままでわたしを肘で突く。

「ねぇ、あれが噂のご主人様？」

〝ご主人様〟というパワーワードに照れてしまい、「はぁ、まあ」と答える。

「いいわね～。バラの花束なんて主人からもらったことないわ。羨ましい。素敵な旦那様ね」

同意を求められて、「ええ」とだけうなずく。

本当は〝かりそめの夫婦〟だなんてとても言えない。

「では、お先に失礼します」

「はい、お疲れ様。今度今日の話じっくり聞かせてもらうからね～」

ニヤニヤと冷やかしの笑いを浮かべる真鍋さんに見送られながら、入口で立っていた尊さんに「お待たせしました」と駆け寄った。

「いいや、那夕子が働いてるのちょっと想像してた」

「なんですか、それ？　なんのために？」

入口を出て歩き出す。

「愛しい妻のあれこれを想像して、楽しむのも夫の権利だ」

「な、なに……きゃあ！」

尊さんの言葉に動揺したわたしは、段差につまずいてしまう。

「おっと危ない」

とっさに尊さんの手が伸びてきて、わたしを軽々と支えた。そしてしっかりその場に立たせてくれる。

「ありがとうございます。すみません、迷惑をかけてしまって」

「どうして？　迷惑だなんて思ってないよ。那夕子はいつも遠慮しすぎだ」

「そうでしょうか？　十分尊さんや川久保家の人たちには甘えているとは思うんですが。あまりお返しができてなくて、申し訳ないです」

さらりと手を繋いできた尊さんにドキドキしながら、彼の車まで歩く。

「那夕子はなんだか、いつまで経っても堅苦しいよね」

非難されているわけではないとわかっているけれど、褒められているわけでもない。

そう言われた理由が知りたくて、車の前で足を止める。

「きちんとしたい、お返しがしたいと思うことは悪いことですか？」

むっとして思わず言い返してしまう。

「ごめん、気を悪くさせた。でも、那夕子はもっと受け取るべきだ」

「なにをですか？」

「周りからの好意。那夕子は僕との夫婦のふりをどうして受けてくれたの？」

「それはおばあ様が喜ぶと思って」

「そうだね。別に断ることもできたのに君はそうはしなかった」

向かい合って立っていた尊さんの両手が、わたしの手を取った。大きな手のひらから伝わってくるのは彼の体温とその優しい気持ちだ。

「君のしていることに対して、お礼が欲しいと思っている？」

「いいえ！　そんなことはまったく」

わたしは頭を左右に激しく振った。

「そうだよね？　僕だって一緒だ。僕が君にしていることは、君を喜ばせたいから。だからそれを素直に受け取って甘えてほしい」

尊さんは身をかがめて、わたしの顔を覗き込んだ。

これまでそんなふうに言われたことはなかった。

三姉妹の長女のわたしは、小さいころから両親に自分のことは自分でするようにと言われてきた。今はもちろん大人なんだから、なんでもひとりですることが正しいんだと思っていた。こんなふうに面と向かって『甘えていい』なんて言われると、なんだか胸の中がくすぐったくなる。

目の前にいる尊さんは、とろけるような笑顔でわたしを見ていた。

なにもかも預けてしまいたくなるような、そんな笑顔だ。

「本当にいいんでしょうか？」

「いいんだよ。それに僕の場合はちょっと下心もあるからね」

「ど、どういう意味ですか？」

「ん？　あわよくば僕のこと好きになってもらえないかなぁと思って」

かあっと顔が一気に赤くなる。耳まで熱を持ってジンジンする。彼が向けてくる意味ありげな視線が、わたしの心をかき乱す。

本当に好きになったら……どうするつもりだろう。

からかわれているとわかっている。いつもの軽口の延長に違いない。

けれどわたしの心は勝手に暴走をしてしまっている。

静まれ心臓！

あたふたしているわたしを笑った尊さんは、助手席のドアを開ける。

「どうぞ、僕の甘えベタの奥さん」

クスクス笑いながら、わたしを車の助手席に座らせた。


尊さんが連れてきてくれたのは、フレンチレストランだった。

川久保邸のほど近く、都会の喧騒《けんそう》から抜け出た場所にある石造りの洋館前に車を停めると、中から店員が出てきて、「いらしゃいませ、川久保様」と出迎えてくれる。

「車をお願いします」

「かしこまりました。本日はごゆっくりお過ごしください」

入口に立っていた初老の男性が、個室へと案内してくれる。

「川久保様、お待ちしておりました」

「久しぶりなので、楽しみにしてますよ」

奥まったところにある個室に案内される。テーブルには銀器や皿が美しくセッティングされていた。

「ここはね、川久保家の御用達の店なんだ。だから那夕子も連れてこないといけないとずっと思ってた」

さらりとわたしを川久保家の一員だと言った。そう思って、行動してくれることに喜びを感じる。

「ありがとうございます。すごく楽しみです」

「たくさん食べて。ここは基本コースなんだけど、メインはどうする?」

「どうしよう……どれもおいしそう。芝エビかぁ、でも牛肉の赤ワイン煮込みも絶対おいしいだろうし……どうしよう」

メニューをじっと見ていても決まらない。それなのに尊さんは、そばで控えていたウェイターに注文してしまう。

「僕は、サーモンを。彼女には芝エビと牛肉を」

「えっ？　わたしそんなにたくさん食べられませんよ」

「ほら、また遠慮して。大丈夫だよ。きちんとひと皿にしてくれるから、伊達《だて》に常連じゃないんだから、ね？」

尊の言葉にウェイターは、しっかりと微笑んだ。

しばらくして赤ワインで乾杯する。重めの渋い味わいだったが、料理とのマリアージュは絶品で、食事もお酒もすすんだ。

時折お互い視線を絡ませながらする食事は、いつもの自宅でのものとは違い、特別でくすぐったい。穏やかで楽しい時間が過ぎていく。

「おいしかった？　これからデザートだけどまだ食べられそう？」

「はい、別腹なんで。平気です！」

その宣言通り、しっかりとデザートと紅茶をいただいたわたしは、お手洗いに向かう。

結構飲んだので、頬が赤くなっていた。

少しだけ化粧直しをして個室に戻ろうとすると、扉が少し開いていたせいで、中から声が聞こえた。知らない女性の声だ。

お知り合い……なのかな？

ここの常連である彼なら、ばったりと知り合いに会うこともあるだろう。

このまま入っていいのかためらっていると、驚くべき会話の内容に体が固まる。

「川久保さん、先日お送りしたお見合いの釣書《つりがき》、ご覧になりましたか？」

お見合い？　尊さんが……？

指先からすっと冷えていく感覚がする。そのまま、その場を離れることができなくなってしまった。

否が応でも中の話を聞いてしまう。

「僕にはもったいないお話ですよ」

「そんなことはないわよ。まさかお断りするつもりなの？　ダメよ、絶対。官房長官のお孫さんよ。美人で気立てがよくて、川久保さんとすごくお似合いだと思うわよ」

官房長官のお孫さん……。きっと素敵な人なんだろうな。

自分がなにも持っていないことを、突きつけられたような気がした。

「せっかくのお話ですが――」

「川久保製薬の専務がいつまで、おひとりでいらっしゃるつもり？　今回の方だけじゃなくて、紹介してほしいとおっしゃる方がたくさんいらっしゃるのよ。煩《わずら》わしいならば、早いうちに身を固めておしまいなさい」

ほほほっと女性は甲高い声で笑う。

動けないわたしはドア口に立ち尽くしている。すると尊さんがこちらに視線を向けた。しっかりと目が合うと、「那夕子」とわたしの名を呼び立ち上がった。

それがまるで合図かなにかのようだった。わたしははじかれたように踵を返すと、レストランの出口から外に出た。

足早に家に向かう。こんなふうに逃げ出したところで、帰る場所は一緒なのに、なにがしたいのか自分でもわからない。

けれどあの瞬間に、あの場所にいることが耐えられなかった。

ただ逃げることだけを考えた結果だ。

頭の中がぐちゃぐちゃでなにも考えずに、がむしゃらに歩く。

後ろから足音が近づいてきた。振り向くと同時に手を掴まれる。

「忘れ物だよ、那夕子」

花束を手に無理矢理持たされた。わたしはそれを優しく両手で抱きしめ、顔を俯ける。

尊さんの荒い息づかいが聞こえる。ここまで走ってきてくれたのだろう。

うれしいと思う気持ちと、諦らなくてはという気持ちが胸に渦巻く。しかしそれ以上に尊さんがお見合いをするかもしれないという事実のほうが、今の自分には重大なことだ。

「美人の夜のひとり歩きは――」

「お見合い、するんですか？」

尊さんに最後まで言わせず、勢いに任せて問いただす。

彼の顔を見ると、驚いたように綺麗な形の目を見開いてから優しく微笑んだ。

「しない。那夕子がいるのに、するわけない」

「でもっ――っん……」

今度はわたしのほうが最後まで言葉を続けられなかった。

彼に唇を奪われて。

ぎゅっと目を閉じると、彼の唇の感触がより鮮明に感じ取れる。

優しく重なった唇が離れ、そのまま彼の腕に抱きしめられた。

「尊さん……」

「那夕子を不快な気持ちにさせたのは謝る。でも、僕が見合いを勧められているのを見て、どう思った？　嫌だった？」

今さらごまかしても仕方ない。これまでの態度でバレバレなのだから。

わたしは尊さんの腕の中で小さくうなずいた。

するると彼の腕に力がこもる。

「ごめん。那夕子が嫌な思いをしているのに、僕は今すごく幸せな気持ちだ」

思わず眉間に皺を寄せて、彼を睨んだ。けれど尊さんは言葉通り、とてもうれしそうにしている。

「那夕子のその気持ちは、ヤキモチだろう？」

指摘されて、気がついた。

尊さんが他の女性に目を向けると思うと、胸がすごく苦しかった。それも非の打ちどころがないような、彼にふさわしいであろう相手。

そう思うこの醜い感情は、紛れもなく嫉妬心だ。

「ご、ごめんなさい……わたしにはそんな権利……」

「ない、なんて言わせないよ。むしろ僕にヤキモチを焼いていいのは、この世界で君だけ」

尊さんは本当にうれしそうにしている。

「キスしていい？」

本当に上機嫌な尊さんに聞かれて、わたしは慌ててダメだと言うため、口を開こうとした。

「ダ……んっ……あ、たけ……るさ」

拒もうとしても拒みきれず、彼に唇を奪われる。

唇を食《は》まれ、舌先で甘やかされる。

唇が離れると、尊さんは色気のたぎる視線をわたしに向けてきた。

「もう一回聞く。キスしていい？」

ダメだ……こんなところで。それにこのキスの意味をどう捉えていいのかわからない。

首を振ろうとすると、彼の大きな手のひらが後頭部に添えられた。拒否することもできず、上を向かされたわたしに、さっきよりも激しいキスが繰り返される。

「だ……め、です」

しかし形ばかりの抵抗は、尊さんには通用しない。

彼は決してわたしを傷つけない。本当に嫌がることは決してしない。

裏を返せば、わたしがこのキスを本気で嫌がっていないことが彼にはわかっているのだ。

彼は、わたしがつぶれないようにと大切に持っていたバラの花束を手に取ると、強く抱きしめてきた。
人気《ひとけ》のない街路樹の影で、わたしたちは唇を重ねる。
お互いしか目に入っていないわたしたちを、夜風に揺らされた木々が見守っていた。

桜咲く、恋も咲く

四月の初めの週末。

尊さんが、休暇を取った。

わたしたちの花見に同行するというのだ。

「忙しいのに平気なんですか？」と彼の体を心配するわたしに、「妻が僕より、中村といる時間のほうが長いなんて、許せないから」と、なんとも恥ずかしい理由を述べた。

そんなこんなで、どうせみんなで出かけるならば少し遠出をしようと、神奈川県にある公園まで足を伸ばすことにした。

いつもの運転手付きの車は、今日は尊さんが運転してくれている。助手席にはわたし。後部座席にはおばあ様と秋江さんが座っていた。

尊さんの運転は相変わらず上手だ。丁寧で乱暴なところがなく、心地いい。

「いいお天気ね～。きっとわたくしの日ごろの行いがよいからですね」

「ええ、そうでしょうね。間違いありません」

尊さんは運転をしながら、おばあ様の言葉に少し笑って答える。

「なに、その言い方。かわいくないわ。ね、那夕子さん」

そんなことを言われても、「ははは」と笑うことしかできない。

その後もあれこれと話が尽きないまま、目的地に到着した。

三十万平方メートルもある庭園には大きな池があり、その周りにはソメイヨシノが植えられている。空を埋め尽くすかのごとく咲き誇る桜は圧巻で、言葉が出ないほどだ。それに加えて水面に映る桜の上にひらひらと舞う淡いピンクの花びらは、ため息が出るほど美しい。

尊さんがおばあ様の車椅子を押し、その横を桜を愛《め》でながらゆっくりと歩く。

「ここにはね、主人とよく来ていたのよ。いつもは忙しくしていたけれど、この時季だけはちゃんと休みを取ってくれていたの。だから桜もこの季節も、わたくしにとっては特別なの」

おばあ様は、桜を見ながら顔をほころばせている。すごくリラックスしていて、幸せそうで、今日ここに連れてくることができてよかったと思う。

「こうやって、孫と孫のお嫁さんとまた訪れることができるなんて。わたくしはなんて幸せ者かしら！」

わたしに顔を向けて声を弾ませる。

こんなふうに言われると、かりそめの妻としては、罪悪感を持たないわけではないけれど、喜んでもらえているのでこれはこれでよかったと、自分の中で折り合いをつけた。

「わたしも、一緒にお花見できてうれしいです」

やはり思った通り、おばあ様を外に連れ出してよかった。はつらつとしてらして、自分まで元気をもらえるようだ。

「では、おばあ様。そろそろ那夕子を僕に返してもらいましょうか」

それまでわたしたちのやりとりを黙って聞いていた尊さんが、いきなり口を開いた。

「尊さん？」

戸惑うわたしを放って、彼はおばあ様と話を進める。

「せっかくの遠出なのでおばあ様たちと同じように、夫婦の思い出を作りたいのですが、いいでしょうか？」

尊さんの言葉に、おばあ様は「あら、まあ」と目を丸くして、クスクス笑い出した。

「そうしなさい。老いぼれは気が利かなくてすみませんね。秋江さん、こちらに」

尊さんに代わって、秋江さんが車椅子の後ろに立った。

「あの、おばあ様？　尊さん？」

あれよあれよと話が進んでいく。

「わたくしたちは、あの茶屋でお抹茶《まっちゃ》をいただきます。那夕子さん、普段は甘えられない分、今日はたっぷり尊にわがままを言うといいですよ」

「それは怖いな。手加減してくれる？　那夕子」

「そんな……！」

秋江さんに車椅子を押してもらい、おばあ様はわたしたちに手を振りながら行ってしまった。

残されたわたしはどうしたらいいのかわからずに、その様子を黙ったまま眺めていた。

急にふたりっきりにされても、困るのに。

先日キスして以来、彼に対する気持ちが大きく変化していた。

隣にいる尊さんをチラッと見る。彼はわたしの戸惑いをわかっているのか、にっこりと微笑むと「行こうか」と手を差し伸べた。

手を取るべきなのだろうか。

一瞬悩んだものの、それを察したであろう尊さんがわたしの手を少し強引に取った。

「夫婦らしく、だよ。那夕子」

「……はい」

強くもなく弱くもなく、優しくて温かい大きくて安心できる手に包み込まれたわたしの左手。

汗ばんでいないだろうか、胸のドキドキが伝わってしまわないだろうか。

わたしが彼の手を取るのを戸惑ったのは、こうやって近づくと、自分の気持ちが溢れ出してしまいそうになるからだ。

もっと彼の話を聞きたい。彼について知りたい。自分のことも知ってもらいたい。

触れられるとドキドキして、微笑まれると胸の奥が疼《うず》く。

あのデートのときにしたキス以来、自分の変化に悩んでいた。正直、〝夫婦らしく〟というのが今のわたしにはつらかった。

どこまでが〝ふり〟で、どこからが〝本気〟なのか、自分でもわからなくなってしまっていた。

「とても美しいね。この時季しか見られないと思うと、なおさらそう感じるものなんだろうね」

「え……っ？　ああ、はい。そうですね」

歩きながら彼の視界を追うように、顔を上げる。

空を覆いつくさんばかりの桜の花に、しばし時を忘れたように見入ってしまう。

尊さんとわたしが踏みしめる砂利の音が交互に耳に届く。

やがてそれが重なり、ふたりの歩調が合ったとき、尊さんが足を止めたので、不思議に思い、彼のほうへと視線を向ける。

「……ど、どうかしましたか？」

彼はじっとわたしを見ていた。どぎまぎしてしまうほど、少しも目を逸らさずに。すごく綺麗な目だと思う。こうやって向かい合うのは初めてではないのに、それでも、やっぱり惹きつけられた。

「せっかくこうやってゆっくりしているんだ、なにか僕にしてほしいことはない？　僕から聞かないと君はなにも言ってこないから」

そんな急に言われても、正直困ってしまう。今のところ、以前の自分と比べてとても充実した毎日を送っている。不満などない。

翔太と別れてすぐは意地になっていたのだろう。そこまで自分がどん底にいるとは思っていなかった。

けれどこうやって毎日、おばあ様のお世話をして、中村先生のクリニックで働き、ときどき秋江さんのお手伝いをする。そして尊さんの帰りを待つ日々は、わたしに心の平穏を与えてくれている。

「してほしいことは特にないんですけど」

「本当に、困っていることや、欲しいものは？」

遠慮していると思われているのか、尊さんは探るようにわたしの顔を覗き込んできた。

わたしは首を振って答えた。

「今は思いつかないので考えておきます。本当に皆さん、よくしてくださってお礼を言いたいくらいです」

「お礼ってなにに対して？」

まったくもって見当もつかないようだ。顎に手を当てて考え込んでしまった。

尊さんの様子に、思わず苦笑してしまう。

「僕がお礼を言うならわかるけど、どうして那夕子が？」

そういうところが、わたしにとってはうれしいことなのだ。

わたしのしていることは、そんなに難しいことではないと思う。けれど、なにをしても彼はきちんと感謝を伝えてくれる。

自分が取るに足らない存在だと思った日もあった。けれど、彼のそばではそういうふうに自分を卑下することなく過ごせる。

『ありがとう』や『助かります』という言葉とともに向けられる、優しい眼差しや笑みが、わたしの失われた自尊心を取り戻してくれた。

そう思えば、彼には感謝しかない。

それをどう伝えていいのか、どうすれば伝わるのか……ひとつひとつ言葉を選んで伝えた。

「わたしこんなに早く心から笑えるようになるなんて、思っていませんでした。尊さんと出会ったころ、なにもかもなくして、思えば自信がまったくなくなっていて、必死に耐えていたんです」

尊さんはいたわるような視線を向け、先を促した。

わたしの話をきちんと聞いてくれていることが伝わってくる。

こういう態度のひとつひとつが、傷ついたわたしを強く立ち直らせてくれる。

「でも尊さんやおばあ様、秋江さんと一緒にいて、自分にできることを思い出して、誰かの役に立てているんだと思えるようになりました。前向きになれたというか……。おばあ様を元気づけるためにいるわたしが、逆に元気にしてもらって、なんだか給料泥棒ですよね」

笑ってみせたわたしに向けられる彼の目は温かい。まるで自分のことのように喜んでくれているように思える。

「僕も、君の役に少しは立っているかな？」

どうしてそうなるのだろう。一番、感謝を伝えたい相手に伝わっていない。

「もちろんです！　わたし、あのころは色々とあったので、男性とはしばらく距離を置きたいなって思っていたんです。でも、尊さんと一緒にこうしているのは、すごく楽しくて――あっ」

思わず本音を口にしてしまって、慌てて繋がれていない右手で口元を押さえたが、わたしの言葉はとっくに彼の耳に届いてしまっていた。

「楽しくて、それで？　続きが聞きたい」

先を促される。こういうときに見せる尊さんの顔はちょっと意地悪だ。

嫌いじゃないけど。

自分の気持ちを言葉にするのは、誰だって恥ずかしい。ことに、相手が意識をしている人ならば余計に。

そう、わたしは完全に尊さんを意識していた。男性として。きっと彼でなければ、こんなに早く恋愛に関して前向きになることはなかっただろう。

嫌われてはいないだろうけれど、彼にとってはおばあ様のためにやっていることだ。

わかっているけれど……それでも。

「もっと一緒にいられればいいな……と思っています」

言った……。とうとう、自分の素直な気持ちを尊さんに伝えた。

手に汗が滲み、心臓がドキドキする。こんなに勇気を出したのはいつぶりだろうか。

俯けた顔が上げられない。ぎゅっと目をつむる。

「そうやって甘やかすと、僕はどんどんつけあがってしまうけど、わかってる？」

……え？　つけあがるって、なに？　それってもしかして……。

俯いたまま目を開く。自分のつま先が目に入る。その先には彼のつま先。それが一歩近づいた。

顔を上げると、尊さんと目が合った。

「どうしてそんな驚いた顔をしているの？」

クスクス笑う彼。

わたしってば、いったいどんな顔をしているというの？

慌てて両手で自らの顔を覆う。

「隠さないで。君の顔が見たい」

尊さんはわたしの手を握った。そう強くない力で、わたしの顔を露《あら》わにさせる。

もちろん逆らおうと思えばできるくらいの強さだ。けれど、わたしはそれをしなかった。彼の思い通りにされるのを選ぶ。

尊さんの指がわたしの頬にかかった髪を後ろへ撫でつけた。まっすぐにわたしを見据える彼の瞳から、目が離せない。

「那夕子は、自分の価値を見誤っている。僕の知っている君は、とても親切で、人のことを思いやり自分を捧げられる素晴らしい人だ。そのせいで傷つき、ときには自分を責めてしまう人」

「わたし、そんなにいい人じゃないですよ」

わたしの言葉に尊さんは、ゆっくりと首を振った。

「いや、それにつけ込んで無理なお願いをした」

きっと夫婦のふりをするということだろう。

「それは、わたしも納得しましたから」

「ほら。そうやってまた僕を甘やかすから、つけ入る隙を与えることになるんだ。僕はあのとき、君との縁が切れてしまうのが嫌だと思った。だから、あの状況を利用した。がっかりした？」

まさか、そんなつもりだったなんて。

本当ならば責めてもいいはずだ。けれどわたしはそんなことは思いもしなかった。結果として、わたしも今の生活を大切だと思えるようになっているからだ。

「がっかりなんて、するはずありません」

しっかりと否定すると、彼が少しほっとした顔をする。

「近くに置いて、もっと君のことを知りたいと思った。笑顔を見せてくれるたびに、年甲斐《としがい》もなく心が踊って、君のためにできることを考えていた」

そして恥ずかしそうに、顔を横に向ける。

「ヤキモチだって……君は笑ったけど、僕は本気だった」

彼の耳がほんの少し赤い。それを見てときめいてしまう。

尊さんはひと呼吸して髪をかき上げた後、もう一度わたしのほうを向いた。

「那夕子、僕と本当の夫婦になるつもりはない？」

「ふ、夫婦……ですか？」

いきなりそこまでとなると、さすがに戸惑ってしまう。突然のことに驚いたわたしを見て、尊さんはふんわりと笑った。

「少しいきなりすぎたか。でも、まずは僕とつき合ってみない？」

彼はわたしの手を取った。

「僕は、君と――嘘の関係ではなく、本物になりたい」

ぎゅっと手に力がこもる。

真剣な眼差し。ひたむきに向けられる思いに胸が震える。

まさか彼も同じような気持ちだったなんて。

こんなときに、気の利いた言葉のひとつも出てこない。

だけど彼への思いは間違いなく本物だ。

だからごまかしたりしたくない。真剣にわたしに思いを告げてくれた彼に応えたい。

けれど、素直に飛び込む勇気がまだ持てない。

翔太との苦しい恋愛がわたしの心の中でトラウマになってしまっていて、躊躇《ちゅうちょ》してしまう。

「わたしが、尊さんの本物になれるでしょうか？」

わたしは自分の出す答えに自信が持てず、尊さんに尋ねた。きっと、彼の言葉ならば素直に聞けるはずだ。

「当たり前だよ。僕が心から欲しいと思った人なんだから」

尊さんは手を伸ばし、わたしの頬に触れた。骨張った少しかさついた男らしい大きな手。伝わってくる彼の体温が、心地よくもあるが、ドキドキもさせる。

少し触れられるだけで、色々な感情が湧き出てきた。

「自信が持てないのなら、それでもかまわない。僕が不安なんて感じさせないくらい、あなたを思い大切にするから」

言葉が視線が……彼のまとうすべてが、わたしへの思いを伝えてくれている。

「だから、僕のものになって。那夕子」

尊さんが身をかがめて、わたしの額に彼のそれをコツンとつけた。吐息が肌をかすめ、視線が答えを乞うてきた。

自分が思いを寄せる人にここまで言われて、拒むなんてできない。この先どうなったとしても、わたしは今日の自分の選択を絶対に後悔しないだろう。

「はい。尊さんのものに、なってみたいです」

自分の言葉に耳まで赤くなっているのがわかる。恥ずかしくて目を伏せていたわたしの頬に、柔らかいものが触れた。

ぱっと目を開くと、至近距離で微笑む尊さんの顔。

「……あの……っ……ん」

かすめるように唇が奪われる。

驚きで目を見開きながら、さっきの頬に触れたのも彼の唇だとやっとわかった。

「誓いのキスだ」

驚いた。けれどうれしそうに目を細める彼を見ると、胸がキュッと疼いた。

恥ずかしいけれど、うれしい。

色々な感情が次々に取って代わる心がとても騒がしい。

赤い顔をしているわたしの手を尊さんが取り、わたしたちは歩き出した。しっかりと指を絡めて。

それはまるで『離さない』と言われているようで、くすぐったくもあり、うれしさで泣きそうでもあり……やっぱり、わたしの心の変化はとてもめまぐるしかった。

特別会話を交わしたわけではない。けれど繋いだ手や眼差しが雄弁にお互いの気持ちを語っていた。

少し歩いた先にあるベンチで、隣り合って座る。

これまでも並んで座ったことはあったけれど、ぴったりと寄り添うその距離感が、ふたりの新しい関係を表しているようでなんだかくすぐったい。

「よかった、これが無駄にならなくて」

彼がジャケットの胸ポケットから出したのは、ブルーのベルベットの長細い箱。

「渡せなかったら、家までここを不自然に膨らませたままになるところだった」

言われてみれば、彼の左胸のあたりが若干膨らんでいたような気もする。

自嘲気味に笑った彼が箱を開くと、そこにはシンプルな一粒のピンクダイヤモンドのネックレスが輝いていた。

彼が手に取ると、ちょうど日の光が当たってきらめく。

「わぁ、素敵」

その光景に思わず声をあげた。

「気に入ってくれてよかった。妻に指輪も買っていないことを、つい先日気がついてね。でも那夕子は看護師だから、きっと指輪よりもこちらのほうがいいかなって」

そうやってわたしのことを考えて選んでくれたことがなによりもうれしい。

一緒にいない間も、気がつけば尊さんのことを考えていることがあった。同じように彼もわたしのことを考えてくれていたのだ。

わたしは夢中になってネックレスを見つめる。

ネックレスはもちろん素敵なのだけれど、それ以上に彼の思いの表れだと思うと、とても大切に思えた。

「ショーウィンドウを見て、ピンときたんだ。それまでジュエリーなんて気にもとめなかったのに、君のおかげで新しい経験がたくさんできている。ほら、後ろを向いて」

わたしは素直に彼に従った。

すぐにネックレスが首元に落とされて、彼が背後から金具をとめてくれた。

胸元に輝く光。

尊さんがわたしのために選んでくれた。そのせいか特別輝いているように見える。

「ありがとうございます」

ネックレスに手で触れて眺めた。

うれしさで勝手に顔がほころんでしまう。

顔を上げて、尊さんに聞いた。

「似合います……か?」

首を傾げたわたしに、尊さんは満足そうに微笑んだ。

「ああ、すごく似合う。僕が真剣に悩んで選んだものだから当然だとは思うけど」

ジュエリーショップのガラスケースの前で、顎に手を当ててあれこれと思案している彼の様子が思い浮かぶ。

休む間もないほど忙しい彼が、わたしのために割いてくれた時間。ネックレスの価値がわたしの中でどんどん上昇していく。

「すごく……うれしいです。あの、本当にうれしい……。語彙《ごい》力がなくてすみません。大切に毎日つけます」

「そうして。いつも一緒にいられない僕の代わりだと思って」

決してそんなはずはないのに、輝くダイヤモンドが温かく感じた。それが、彼の気持ちの表れのようで、痛いほど胸がときめいた。

「遅くなってしまいましたね」

「そうだね。僕たちのお団子はもう残っていないだろうね」

のんびりそう言った彼は、急ぐ様子もない。

「あまり待たせたら、悪いですよ」

「かまわないよ。新婚夫婦の邪魔は、いくら祖母でもしないだろうし」

「そう……ですか」

尊さんは今までもこんな言い方をしていた。けれど、ずっとかりそめの夫婦だったので、恥ずかしいけれど、今ほどではなかった。

現実に彼と本物の関係を築くと決め、新しい関係が始まったせいなのか、いたたまれないほどの恥ずかしさを感じてしまう。

「なにを、考えているの？」

「えっ⁉」

声をかけられ、はっとする。

「那夕子はときどき、そうやって考え込むことがある。僕のことを考えてくれているとうれしいんだけど」

その通りです。あなたのことで頭がいっぱい……とは言えず。

「あはは……少し急ぎましょう」

笑ってごまかすわたしの手を引き、尊さんはクスクスと肩を揺らしながら歩いた。


おばあ様たちと別れた茶屋の前に戻ってきた。あれから小一時間ほど経過してしまったせいか、店の中を見回しても、ふたりの姿がない。

「あれ、どこに行ってしまわれたのでしょうか？」

外へ探しに行こうとしたわたしに、店の女性が声をかけてきた。

「あの。川久保様ですか？」

尊さんがうなずくと、女性は封筒を差し出した。

「これを、先ほどこちらにいらっしゃった方から預かりました」

「ありがとうございます」

尊さんはお礼を言うと、すぐに封筒の中身を取り出す。

そして紙に素早く視線を走らせると「やられた」とつぶやいて、天井を仰いだ。

「な、なにがあったんですか？」

焦って尋ねたわたしに、彼が紙を手渡した。それを受け取りすぐに確認する。

「え……これって」

「ああ。僕たちはあのふたりに置き去りにされたみたいだ」

おばあ様のしたためた手紙には、秋江さんの運転で先に帰ること。この近くにある旅館に部屋を取ったので、夫婦水入らずで楽しんでくるようにと書いてあった。

「なに、のんびりしてるんですか。追いかけないと」

「追いかけるって、どうやって？　まさか走るつもり？」

「それは、無理かも」

そうだ、今さら追いかけたところでどうしようもない。

「では、行こうか」

「はい。駅が近くにあるといいんですけど」

車がないので、公共交通機関を使うほかない。最寄り駅まではどのくらいの距離だろうか。

スマートフォンを取り出し調べようとしたわたしの手を、尊さんが止めた。

「那夕子、祖母の書いた手紙をきちんと読んだ？　ここ」

尊さんが、紙を指さす。わたしはそこを目で追った。

「……部屋……夫婦水入らず……これって」

視線を紙から尊さんに移す。彼はじっとわたしを見ていた。

「那夕子が嫌じゃなければ、どうかな？」

口調はとても優しい。けれど向けられる視線は真剣そのもの。

つい先ほど、本当にほんの少し前に、お互いの思いを通い合わせたばかりだ。だから急に宿泊となるとハードルが高い……。

けれどよく考えてみれば、いつも同じ屋根の下で寝起きしているのだから、そこまで意識するのも逆におかしい？

わたしがなんだかすごく期待しているみたいじゃない？

「あれこれ考えているようだけど。無理にとは言わない。けれど僕としては、君とのふたりきりの時間がもう少し続けばいいと思ってる」

絡められた指に、わずかに力がこもった。その行為が彼に乞われているように思えた。

「嫌じゃないです。わたしももう少し、尊さんと一緒にいたいです」

それまで真剣だった彼の表情が、くしゃっと崩れた。口角を上げて笑う。

「よかった。君も僕と同じ気持ちで。では行こうか」

わたしの手を引き、尊さんが歩き出した。彼はすでに行き先がわかっているのか、ざぐざぐと砂利道を進む足取りが先ほどよりも、若干速いような気がする。

わたしも彼に合わせてついていっていたが……。

「あっ！」

砂利に足を取られて、うっかりつまずいてしまう。ポスンと尊さんに抱きとめられた。

「大丈夫？」

「ええ、すみません……うっかりしていて」

「いや僕が悪かった。君の気持ちが変わらないうちに、と。焦りすぎたみたいだ」

髪をかき上げて、少し照れたように笑った。

まさかそんなことを考えていたなんて。失礼だけれども、ちょっとかわいいと思ってしまう。

彼のいろんな顔を見たい、わがままとも思える気持ちが湧いてくる。

これも彼に恋するがゆえだろう。

「気持ちは変わりません。わたしも、楽しみですから」

恥ずかしいけれど相手の気持ちを知りたいなら、自分のことも知ってもらわなくてはいけない。

すると尊さんは、ぱっとわたしから顔を背ける。

もしかして、積極的すぎただろうか。はしたなかったかもしれない。

さっきまで期待に膨らんでいた胸が、しゅうと音を立ててしぼんでいくような気がした。

失敗しちゃった……？

「尊さん……？」

顔を上げて彼の顔をおそるおそる見た瞬間、強く抱きしめられた。彼のジャケットに頬をつけると、いつもよりも強く彼の匂いがする。

「ああ、那夕子。どうしてそんなにかわいいことを言うんだ。やっぱり一刻も早く宿に行こう。これ以上僕を翻弄《ほんろう》しないでくれる？」

「な、なにを言って」

口を開いたわたしを、彼は人差し指を出して止める。

「話は全部後で。ほら、急いで」

そう言うと、さっきよりも速い足取りで歩き出した。

手を引かれつつ今度は転ばないように、足をしっかり動かしてついていく。

「桜、もう見なくてもいいですか？」

さっき十分見たとは思う。けれど、一応念のため。

しかし思いもよらない答えが返ってきた。

「実は僕、今日はまったく桜を愛でてないんだ。ずっと、那夕子を目で追うのに必死で。だから……これ以上焦《じ》らさないでもらえると、ありがたい」

尊さんは足を止めずに前を向いたまま、真剣な顔で言い切った。

恥ずかしい気持ちに頬を染め、それでもうれしさに顔をほころばせる。

桜吹雪の舞うなか、尊さんの少し赤くなった耳を見ながら、彼の半歩後ろを歩いた。


タクシーに乗って二十分。

おばあ様が手配したという宿でもまた、桜が出迎えてくれた。

玄関の隣にある桜の木。足元には絨毯のように桜の花びらが舞っていた。

「いらっしゃいませ。川久保様、お待ちしておりました」

「女将《おかみ》さん、お久しぶりです。ずいぶんご無沙汰しておりました」

タクシーを降り、出迎えてくれた女将さんに頭を下げた。どうやら尊さんもこの宿には何度か来たことがあるようだ。

「いつもご家族でごひいきくださって、ありがとうございます。そちらの方が？」

「はい。妻の那夕子です」

妻と紹介されて背筋がピンッと伸びた。

きっとおばあ様が予約をする際にわたしのことについて話していたのだろう。

「お世話になります」

勢いよく頭を下げる。

「あらあら、ご丁寧にありがとうございます。かわいらしい方ですね、尊さんもいつの間にこんな方を？」

「でしょう？　自慢の妻です」

尊さんはわたしの背中に手を回して、誇らしげに微笑んだ。

わたしは決してそんなふうに言ってもらえるような人間ではない。

それでも彼の期待に応えられるように、そういう人間になっていきたいと思う。

彼を見上げると、彼もまたわたしを見ていた。お互い笑顔で見つめ合う。

「あらあら……早くふたりきりになりたいみたいですから、さっそくお部屋にご案内いたしますね」

ちょっとからかわれて、顔が赤くなる。けれど、尊さんはうれしそうだ。もちろんわたしも。

「那夕子、はい」

当たり前のように手を差し伸べられる。

昨日までは、これも演技のひとつだと思っていたけれど、今、その手には嘘がない。これからふたりで過ごす時間はすべて本物。ふたりの本当の時間がこれから始まるのだ。

部屋は、離れにある特別室だった。本館から続く廊下を歩きながら外を見ると、手入れされた庭園が目を楽しませてくれた。

青々とした立派な枝ぶりの木々が伸び、綺麗に刈り込まれたツツジや、奥にはアジサイも見えた。きっと時季が来れば、玄関の桜の木のように、見る人の心を和ませてくれるに違いない。

「こちらでございます。川久保様はよくご存知でしょうし、早くおふたりでゆっくりなさりたいでしょうから、お部屋のご説明は控えさせていただきます。なにかございましたら、おっしゃってください」

女将さんは頭を下げると、廊下を戻っていった。

「素敵なお部屋ですね」

扉の向こうはすぐに畳敷きになっていて、井草のいい香りが鼻をくすぐった。

尊さんに続いて部屋に入る。

「広い……それにすごくいい景色」

和風の造りだと思い込んでいたが、紫檀《したん》の大きな座卓に、同じ風合いの飾り棚。床の間には春らしいチューリップを使った生け花が飾られている。加えて奥にはソファもあり、和と洋がマッチした落ち着いた雰囲気だ。

そして窓の外には広いデッキがあり、チェアも置いてある。ここからも庭園の一部が見えるけれど人影はない。もしかしてプライベートな庭なのかもしれない。

贅を尽くした造りに興奮気味のわたしは、次々と部屋のあちこちを見て回る。

尊さんはソファに座って、用意されていた茶菓子を前にしてお茶の準備をしてくれていた。

「あっ、わたしがします」

「いいから、那夕子は探索を続けて。気が済んだらこちらに来ればいいから」

尊さんは慣れた手つきで、茶葉を急須に入れている。

わたしは好奇心に負けて、彼の言う通りにさせてもらうことにした。

まるで旅番組で紹介されているような豪華さにわくわくし、はしゃいだ気持ちのまま奥にあった襖を勢いよく開いた。

「ここは、なにがあるの……っ」

パタンと襖が開く音と同時に、目に入ってきたのはベッドがふたつ並んだ寝室だった。

きちんと整えられたベッドはとても気持ちよさそうだ。

けれど、今のわたしはベッドを目にしたことで、一瞬にして体が固まってしまった。

意識するな……というほうが無理だ。今日わたしは尊さんとふたりきりで、朝まで過ごすのだ。この部屋でふたりで……。

わたしは尊さんのことが好きで、彼も同じ気持ちだ。そうなれば自然なことなのだろうけれど、今日の今日で……展開が早すぎる。

いい大人が、とは自分でも思うけれど、それでも覚悟ができない。

「那夕子」

「は、はいっ！」

突然背後、それもすぐ近くから声をかけられて、大きな声が出た。

肩をビクッとさせて振り向く。

「お茶の準備ができたよ。結構歩いたから疲れたよね。休憩しよう」

「はい。ありがとうございます」

ひとりあれでもない、これでもないと考えていたのが恥ずかしい。まるで自分だけ期待してしまっているようだ。

いくら彼が鋭いからといって、わたしの頭の中までは覗けないだろう。

ふかふかの座布団の敷かれた座椅子に腰を下ろした。向かいに座っている尊さんが、綺麗な所作でお茶を淹れてくれる。こういうところに育ちのよさが出ている。

ふうふうと息をかけて冷ますと、お茶の水面に波紋ができる。そろりとひと口飲んだら、口の中に渋みと甘みが広がった。

「おいしいです。尊さんはお茶を淹れるのも上手なんですね」

週末に彼の淹れてくれるコーヒーも絶品だ。そしてこのお茶もすごくおいしい。

「ありがとう。少し落ち着いた？」

「え？」

「ベッドをじっと睨みつけていただろう？　取って喰ったりしないから、安心して。君の合意が得られれば話は別だけど」

「ぶっ……ごほっごほっ」

「大丈夫？　ああ、これを使って」

彼からおしぼりを受け取り、慌てて口元を拭う。動揺を落ち着けるように大きく息を吸い込んだ。

「突然こんなことになって、緊張してる？」

尊さんは座椅子に胡坐《あぐら》を組んで座り直すと、わたしの様子を窺うように尋ねた。

「はい。実は……。いつもは皆さんがいるので、急にふたりきりになると、ちょっとどうしたらいいのか、困っています」

正直に今の気持ちを伝えた。

わたしがきちんとつき合ったのは、翔太が初めてだ。恋愛経験はたったのひとり。わたしの恋愛スキルは平均点……にも遠く及ばないだろう。

大人なのだから戸惑わずに、なんでもないことのように自然にふるまえたらいいのに。

でも、わたしはそれを下手に隠したり取り繕ったりしなかった。彼ならばこの気持ちをわかってくれると思ったからだ。

「そういうところもとてもかわいいと思ってる。そして実を言うと、僕も落ち着かない。だからお互い様ということで……せっかくのこの時間を楽しもう」

彼の言葉に驚いて、軽く目を見開く。

いつも大人でスマートな彼が、自分と同じような気持ちを抱いていたなんて。

うれしくて、くすぐったくて……言葉にならない温かい気持ちが湧いてきた。

わたしが「はい」とうなずくと、尊さんは「とてもいい返事だね」とにっこり微笑んだ。


露天風呂に足を踏み入れたわたしを、もうもうと立ち上る湯気が出迎えた。

あれから部屋で少し早めの食事を終え、旅館自慢の温泉を楽しむことにしたのだ。

体を綺麗にして、手すりに掴まりながらゆっくりと湯に浸かる。

ちょっと熱い……でも気持ちいい。

広い公園を歩いたので、足をマッサージすると疲れが取れるようだ。

ごつごつとした大きな岩が並び、緑の木々の中にある灯篭《とうろう》がぼんやりと暗くなり始めた辺りを照らしている。

「ふー」

肩にさらりとした湯をかけながら、上を向くと自然と声が漏れた。薄むらさき色の空には、小さな星がひとつだけ見えた。

ここは別館に宿泊している顧客のみが使える露天風呂で、今はわたしの貸し切りだった。先ほどふたり組の若い女の子たちが入れ替わりに脱衣所に向かっていた。

温泉なんて、いつぶりだろうか。体が温まるにつれて、気持ちも徐々にほぐれていく。

尊さんは、隣にある男性用の露天風呂に入っている。もしかしたら、今同じように空を見上げているかもしれない。

離れていても結局考えるのは、彼のことばかりだ。

ひとりになってドキドキする気持ちを落ち着けようと思ったけれど、あまり意味がなかった。心の中は、彼でいっぱいなのだから。

この後のことを考えるとまた緊張してしまうので、あまり考えないようにした。

とはいえ、いつもよりも念入りに色々なところを磨き上げた。

女心は、複雑だと思う。

そうこうしているうちに、結構な時間が経過していた。脱衣所に出て壁の時計を見て驚く。

きっと尊さん、待っているはずだ。

古い歌ではないけれど、あまり遅くなると彼が芯まで冷え切ってしまうのではないか。

慌てて髪を乾かして、浴衣に袖を通す。最後に尊さんにもらったネックレスをつける。一応鏡でおかしなところはないかとチェックして、彼のもとに向かう。

外にある湯上り処に、尊さんの姿を見つけた。まだこちらに気がついていない彼が、グラスのビールを喉を上下させながら、おいしそうに飲んでいた。

ビールひとつ飲むのも、あそこまでかっこいいなんて反則だ。

そんなふうにちょっと感心しながら歩いていると、先ほど脱衣所で一緒になったふたり組の女性たちが、声を弾ませた。

「ちょっと、あの人めちゃくちゃいい感じじゃない？」

「あー、わたしも同じこと思ってた。ねぇ、声かけちゃう？　さっき社員旅行の集団を見たから、その中のひとりかも」

彼女たちの会話を聞いてぎょっとした。間違いなく尊さんの話をしている。

「あんなにかっこいいなら、きっと彼女がいるよね?」と、ひとりの女性。

『ここ、ここにいます!』と心の中では声をあげるが、実際は固まってなにも言えない。

「でも、だからって可能性がないわけじゃないでしょう? だって指輪していないもの。まだ法律的には誰のものでもないみたいよ」

たしかに、そうだけれど!

目の前でそんな会話をされているのに、悔しいかな……尊さんのもとに近づけない。

わたしが彼のところへ向かえば、彼女たちの視線がわたしに向くだろう。そしてきっとあれこれと点数をつけるに違いない。

知らなければそれで済むけれど、おそらくあまりいいようには言われないだろう。それがわかっていてなお、気にせずに彼の隣に行く勇気がない。

どうしたらいいのかと悩んでいると、尊さんがこちらに気がついてわたしに手を振った。

「きゃあ! こっちに手振ってるよね?」

え?

目の前の女性ふたりが、黄色い悲鳴をあげた。

どうやら後ろのわたしの存在には気がついていないようだ。

これではますます出ていきづらい。

どうしたらいいのかとオロオロしていると、尊さんが「那夕子！」と極上の笑顔でわたしを呼んだ。

目の前の女性ふたりが同時に振り向く。その視線は上から下までわたしをひと通り眺めて、驚いた顔をした。

そんなあからさまな態度……しなくてもいいのに。

他人からの予想通りの評価に傷つきながら、わたしは彼女たちの視線を避けるように俯いて、彼のもとへと歩いた。その背中にも視線が突き刺さる。

気にしない、気にしない。それだけ尊さんがかっこいいっていうことだ。

「お待たせして、すみませんでした」

「いや。お湯で頬がピンクになったかわいい君を見られるなら、いくらでも待つよ」

「もう！　そんなこと言うの、尊さんだけですよ」

わたしはすっぴんの顔を左手で隠し、右手で彼の肩を叩いた。

普段から薄化粧だし、一緒に暮らしている以上、彼には何度も素顔を見せている。

だからといって、それを指摘されるのはやっぱり恥ずかしい。それは僕のものだ」

「当たり前だ。他の誰にも君の素顔は見せない。それは僕のものだ」

「酔ってるんですか？」

そうじゃなければ、素面《しらふ》でそんな台詞おかしい。

「全然。本気だよ。那夕子こそ、警戒心がなくて心配だ」

「それを言うなら、尊さんだって……浴衣姿がかっこいいです。さっきいたふたり組の女性も、尊さんのことをじっと見ていました」

そしてわたしを見て、〝この程度の女が〟と、顔に書いてあった。さぞがっかりしただろう。

しかし尊さんはまったくピンときていなさそうだ。

「そんな人いた？　女性？」

わたしの目の前にいたのだから、絶対彼の視界に入っていたはずだ。

それなのに気がついていないなんて……。

すると尊さんが、髪をかき上げながら少し恥ずかしそうにした。

「きっと、那夕子以外は目に入っていないんだと思う。今日は本当にずっと、君ばかりを目で追ってしまっているから」

「そ、そう……ですか」

たしかさっき公園でも似たようなことを言われた気がする。うれしいけれど、いたたまれないような恥ずかしさも同時に覚えた。

「ちょっと、舞い上がりすぎなのは自覚してるよ。でも、今日ぐらいは許して」

「許すもなにも……わたしだって、十分舞い上がっていますから」

こんなふうに彼に思われて、なんでもないふりなんかできない。

わたしだって、今日ふたりで過ごすことができて、とてもうれしいのだ。

尊さんが、わたしの手をぎゅっと握った。

「部屋に戻ろう。今日は誰にも邪魔されずに、君のことを堪能《たんのう》したい」

た、堪能!?

その単語に思わず反応してしまう。頬の赤みがますます濃くなり、耳まで熱い。

「ああ、そういう意味ではなかったけど。那夕子がご所望なら、僕はやぶさかでもないよ」

クスクスと肩を揺らす尊さん。ちょっと意地悪な彼が顔を出した。

「ご所望なんて、していません!」

「そうか、それは残念」

ますます笑みを深めた尊さんは立ち上がり、わたしの手を握り直すと、部屋へと戻る廊下を歩き出した。

その間、何度も目が合う。

彼がわたしを見て、わたしもまた彼を見ている。

部屋までの短い時間だったけれど、この上ないほどの幸せを感じたのだった。

しかし穏やかな幸せを感じたのも束の間。部屋に戻ったわたしに現実が襲いかかってくる。

食事も終えて、温泉にも浸かった。

で、あればその後は……。

寝室のほうを意識してしまわないようにすればするほど、わたしの行動が怪しくなる。

「なんだか、喉が渇きましたね。なにか飲みませんか?」

かがんで冷蔵庫の中を見る。ビールにジュースなどが入っている。

「でも、尊さんはさっきビール飲んでいましたよね。あ、それよりおばあ様に連絡――」

「ちょっと落ち着こうか。那夕子」

尊さんがわたしの背後にかがんで、冷蔵庫の扉をゆっくりと閉めた。

背中に彼の体温を感じる。

振り向きたくても、この距離では近すぎて恥ずかしく、それもできない。

「す、すみません。ひとりでべらべらと」

どうやらわたしの緊張なんぞはお見通しのようだ。ばれてしまって、恥ずかしさが増していく。耳が赤くなっているのもきっと至近距離で見られているはずだ。

「那夕子、こっちを向いて」

落ち着かせるような、優しい声。

この声を聞くと彼の言う通りにしてしまう。

ゆっくりと振り向く。そこにあるのは、尊さんの優しい眼差し。その目の中にわたしを思う気持ちがあるから、彼に見つめられると恥ずかしいけれど胸が疼く。

「あれを準備してもらったんだ。ふたりで飲もう」

彼が指さしたのは窓辺にあるテーブル。そこには、茜色《あかね》の江戸切子《えどきりこ》の徳利《とっくり》と杯《さかずき》が置かれていた。

ひとりあたふたしていたわたしは、はぁと息を吐いて気持ちを落ち着けた。

やっぱり彼は大人だ。きっとわたしの緊張を和らげるために用意してくれたに違いない。

さっきは彼自身『舞い上がりすぎ』なんて言っていたけれど、そんなことは微塵《みじん》も感じられない。

彼はわたしの手を引いてソファに座らせると、距離を開けずに隣に座った。ソファがたわみ、体が触れる。

「新潟《にいがた》から取り寄せているお酒だ。どうぞ」

尊さんが徳利を持ったので、わたしは慌てて杯を差し出した。流れるように透明な液体が注がれ、杯の中で波紋が浮かんだ。

彼はさっと自分の杯にもお酒を注ぎ、手に取り少し掲げるようにした。

「では、初めての旅行に」

「乾杯」

笑顔の尊さんにつられて、わたしも頬を緩めた。

ひと口飲むと、口の中で冷酒のキリリとした味わいが広がる。

「すっきりしていて、とても飲みやすいです」

「よかった。ここに来たらいつも頼む僕の好きなお酒なんだ。那夕子が気に入ってくれたなら、ますます好きになりそうだ。個人的に取り寄せようかな」

「ぶっ……ごほっ、ごほっ」

い、いきなりなにを言い出すの⁉

ときどき……いや、結構な頻度で彼はこういう発言をする。わたしの反応を見ておもしろがるのは、ほどほどにしてほしい。

「大丈夫？　ゆっくり飲まないと」

「はい、すみません」

濡れた手を、尊さんがおしぼりで丁寧に拭いてくれた。

「自分でできますから」

彼を止めようとすると「いいから」と言って、止められる。

「自分でできることでも、人にしてもらうとうれしいだろう？　それができるのは、パートナーである僕の特権。だから、たとえ那夕子でも邪魔はさせないよ」

おかしな話を、すごく真面目に話す。

思わずクスッと笑ってしまった。

「では、お言葉に甘えて」

されるがままになっていると、尊さんは突然手を止めて「そうだ」とつぶやき、羽織の袖から小さな黄色いチューブを取り出した。

「これ、那夕子にプレゼントしようと思って」

パッケージには、白い花の絵が描かれていた。ハンドクリームのようだ。

「さっき、売店で見つけたんだ。この近くのハーブの店で作っているらしい」

彼は話をしながら、中身を手のひらに出した。ふんわりとカモミールが香る。それを彼はわたしの手に塗ってくれた。丁寧に、ゆっくりと。

「ガサガサで……恥ずかしいです」

仕事上、何度も手を洗う。そして今みたいにクリームを塗る暇なんてない。

しかしそれでもしっかりと手入れをしている人もいるのだから、忙しいというのはただの言い訳だ。

「どうして？　この手は、君が仕事を頑張っている証《あかし》だ。この手でたくさんの人を助けてきたんだろう？」

念入りにクリームを塗ってくれる。指先まで彼の優しさがすり込まれていくようだ。

この人は、見た目の美醜なんか気にしない。わたしの中の大切なものを見つけてくれて、一緒に大切にしてくれる。

さっきまで恥ずかしいと思っていた自分の荒れた手さえ、誇らしく思えた。

「尊さんは、大きいですね」

「ん？　どういう意味？」

「懐も、心も、こうやってわたしを撫でてくれる手も。なにもかも大きい」

彼は少し目を見開いて、驚いた顔をした。その後、はにかんだような笑顔を見せる。

「それは、君の前だからだよ。少しでも気を引きたい――ただの下心の表れ」

「そ、それは……」

それまで忘れていたのに、急にまた寝室のほうが気になり始めた。そしてその心の機微を尊さんは敏感に察知する。

「ふふっ、ごめん。また、意識させてしまったみたいだね。でも、安心して」

彼がわたしの手のひらを優しく撫でる。

「今日は、君を抱かない」

彼の言葉にわたしははじかれたように、顔を上げた。

え、なんで？

さっきまでは、そういう状況になったらどうしようかと悩んでいた。けれど、彼の言葉を聞いて不安になってしまう。

そういう気持ちになれないということだろうか。たしかに、女性的な魅力があるかどうかと言われたら自信はない。

けれど、好きな人だから勇気を持って踏み込もうと思っていた。なのに……。

ぐるぐると頭の中で考えている間、わたしは完全に黙り込んでいた。

「那夕子、聞いてる？」

「あ、はい……」

名前を呼ばれてはっと我に返る。けれど顔は引きつったままだ。

そんなわたしを見て、尊さんは眉間に皺を寄せた。

「どうしてそんな顔をしているの？」

どうしてって……拒否されたのに、ニコニコなんてできないもの。

彼にどう答えるべきなのかも、よくわからない。

不安を隠せないわたしの頬に、彼の手が伸びてきてそっとさすった。

「なにか、勘違いしているみたいだけど」

「どういう意味ですか？」

言葉の通りに受け取ったけれど、違う意味があるということ？

「僕が君を抱かないと言ったのは、今のこの状況が僕の意思によって作られたものではないからだ」

余計に意味がわからなくなってしまった。どういうことなのだろうか。

「ちゃんと説明してもらってもいいですか？」

彼に先を促すと、ゆっくりとうなずいて答えてくれた。

「図らずして、今日君とふたりきりで泊まることになったのは、祖母の策略だよね。大変ありがたいけれど、君との初めての夜は、きちんと僕が準備した最高の環境で迎えたいんだ」

初めての夜とか……！

ストレートに言われると、それはそれで恥ずかしい。

目をぱちくりさせながら、彼を見る。

すると熱のこもった目で見つめ返してくれた。

「正直、ものすごくやせ我慢してる。だけど、欲望だけで君との最初の夜を過ごすのは、もったいなさすぎる。だから次回、君と過ごす特別な夜を僕が用意するから、それまで待っていてほしいんだ」

胸がキュンと音を立てた。

わたしとの関係を、ゆっくり大切に過ごそうと考えてくれている。態度でも、言葉でも、彼はわたしに愛情を伝えてくれる。

それは押しつけるでもなく、奪うでもなく。包み込んでくれるような大きな愛。

今、胸が震えるほど、幸せだ。

うれしくてそれを伝えたいけれど、うまく言葉にならない。せめて気持ちが伝わるように、笑顔で彼を見つめた。

すると彼は、衝動に駆られたように急にわたしを引き寄せ抱きしめた。

浴衣越しに感じる彼の体温に、心拍数が一気に上昇する。

「た、尊さん？」

「ごめん。さっきあんなにかっこつけたのに、やっぱり君がいて、触れないなんて無理だ」

ぎゅうっと腕に力がこもる。そして耳元で小さな声で言った。

「唇は許してほしい」

吐息混じりの熱い声に、胸がドキンと大きく跳ねた。

言葉にできないわたしがゆっくりとうなずくと、彼は返事を待っていたかのように、抱きしめていた腕の力を緩めた。

代わりに、わたしを見つめる視線に力を込める。

大きな手がわたしの後頭部を引き寄せた。

ゆっくりと重なる唇。一度離れて、もう一度。

次は少し強めに、食むようなキス。

角度を変えて繰り返されるキスは情熱的で、体を一瞬にして熱くした。

緊張なんて瞬時に飛んでいってしまう。

彼のキスに応えるのに精一杯だったわたしは、気がつけば夢中になっていた。

どのくらいの時間だろうか。やがてふたりの唇が離れる。

彼が覗き込んで、すぐにわたしの顔を彼の胸に押しつけるようにして強く抱きしめた。

「すでにちょっと、意地を張ったことを後悔してる。今日の君は、かわいすぎだ」

どこか拗ねたような言い方が、なんだかとてもおかしくて、わたしは彼の胸の中でクスクスと笑った。

そんな——少し情熱的で、そして穏やかな夜が過ぎていった。

時計を落としたシンデレラ

わたしを出迎えたのは、立派な花器に生けられた、背丈をゆうに越えるほどの大きな生け花。眩しく輝くシャンデリア、ふかふかの絨毯。

そしてまばゆいほどに着飾った男女。

そこには今までのわたしが知らない世界が広がっていた。

こんなパーティーが本当にあるんだ。小説や漫画やテレビの中だけだと思っていた。けれど目の前に広がる光景は間違いなく現実で。

小学生が近所の子を集めてやるパーティーみたいに言わないでほしい。

「那夕子、そんなに緊張しないでも平気だよ。ただのお誕生会なんだからね」

尊さんが〝お誕生会〟と言ったのは、間違いではない。都内でも有数の外資系ホテルで行われているのは、日本の経済界で最も力のある人物の古希《こき》を祝う会だ。

尊さんもずいぶんお世話になっている方らしい。

〝知り合いのお祝い〟とだけ聞いて、ホイホイついてきたのだけれど、まさかそんな偉い人の大規模なパーティーだとは思ってもいなかった。

なぜもっとちゃんと確認しなかったの⁉

尊さんと出会って、こう思ったのは一度や二度ではない。自分の学習能力のなさにがっかりするとともに、尊さんもわざとそう仕向けているのではないかと思えてきた。

「緊張しないなんて無理です。どうして最初から教えてくれなかったんですか」

泣き言を言うわたしを、尊さんはクスクスと笑った。わたしにとっては全然笑いごとじゃないのに。

「伝えたらきっと、ずーっと緊張していただろう？　那夕子の緊張を最小限に抑えようと思ってのことだったんだけど。ごめんね」

謝っているけれど、悪いとは思っていないだろう。

たしかに彼の言うことも一理あるので、最終的には納得してしまった。

「お詫びと言ってはなんだけど――」

そこまで言うと、彼は急に耳元に顔を寄せてきた。そしてわたしにだけ聞こえる声で囁く。

「このホテルに部屋を取ってある。パーティーが終わった後、先日の約束を果たしたいんだけど」

ぼっと火がついたように顔が赤くなった。

この間の約束って、温泉で言っていた〝最初の夜〟ということだろう。

そ、そんな急に？　いや、あれから二週間も経っているのだから急なわけではない。けれどこれこそ、事前にお知らせしておいてほしい。

心臓がバクバクと大きな音を立てる。

それをまた彼が煽《あお》る。

「楽しみだね。つまらない仕事はさっさと終えて、早く君とふたりきりになりたいな」

わたしを見て、ちょっと意地悪な笑みを浮かべていた。

軽く睨んでみたけれど、それさえも楽しんでいるように見える。

「さあ、行こう」

腕を差し出されたわたしは、気を取り直すようにコホンと小さく咳払いをして、彼の腕に手を添えて歩き出した。

経験したことのない華やかなパーティー。正直場違いだと思う。けれど尊さんのパートナーとして出席しているのだ。せめて彼に恥をかかさないようにしなくては。

今日の彼も素敵だった。長身で均整の取れたスタイルの彼は、祝いの席とあってタキシードを身につけている。深い海の色を思わせるネイビーのタキシードは、余計に彼の洗練された容姿を際立たせていた。

いつもよりもきっちりと整えた髪も、普段の彼とは違って見えてドキドキしてしまう。

背筋を伸ばして、少しでも凛《りん》と見えるように努めた。

そんなわたしを支えてくれているのは、隣にいる尊さんと、彼の選んでくれたドレスだ。

普段は絶対着ない、肩を出すタイプのオフショルダードレス。スカートはフィッシュテールになっていて動くたびに軽やかに揺れる。形は華やかだけれど、シルバーグレーという落ち着いた色のおかげで、とても上品だ。

おしゃれや恋愛において自信なんてない。ひどい失恋をした後、それが余計に顕著になっていた。けれど、そんなわたしを認めて、好きになってくれた尊さんのためにも、今日は頑張りたいと思った。

いや、本当は自分のためだったのかもしれない。彼のパートナーだと周りに認めてもらいたい。自分の存在意義を実感したかったのかもしれない。

理由はどうであれ、自分にできる精一杯のことをしよう。

そう思い、できるだけ笑顔を絶やさずに、彼の隣にいるように努めた。

次々に挨拶を交わす。こんなにたくさんの初対面の人と接するのは生まれて初めてだ。

本日の主役、建設会社の会長だと紹介された人物と、話をしているときだった。

「いや、驚いたな。川久保くんが秘書以外の女性と一緒にいるなんて、初めてじゃないのか？」

珍しそうにわたしを見る目には少し困惑した。けれど心の中で思わずにやけてしまった。

彼がこういったオフィシャルな場に連れてくるような相手は、今までいなかったという事実。彼がわたしを特別扱いしてくれていることに、小さな優越感を感じた。

隣にいる彼に視線を向ける。すると彼はまいったなとでもいうように、小さく肩をすくめた。

「彼女の前で僕がモテないって、暴露しないでください」

わざと怒ったふりをした尊さんに、会長は声をあげて笑った。

「あはは！　こりゃ、すまなかったね。今までどんな誘いも断ってきた君が、女性を連れていると聞いて驚いてね。いや、とんだ失礼だった」

ひとしきり笑った後、会長さんはわたしのほうを向いた。

「川久保くんは少し働きすぎだから、心配していたんだ。あなたのような方がいらっしゃるなら、安心だね」

「いえ、とんでもございません」

慌てて首を振った。

けれど隣にいる尊さんは、会長さんの言葉に同調する。

「そうなんです。彼女がいるから安らげるし、頑張れる。とても大切な人です」

はっきりと言い切った彼を見て、会長さんは口をぽかんと開けた。ほんのわずかの間固まって、そのまままた声をあげて笑った。

「こりゃ、相当入れ込んでいるみたいだね。ああ、幸せそうだ」

わたしはいたたまれなくなって、俯いた。隣を盗み見ると、尊さんは満足げに笑っていた。

尊さんはいつだってそうだ。言葉でも行動でもわたしを大切にしてくれる。

正直、彼の社会的地位や立場を考えると、わたしとは違う世界の人だと思うこともある。あんな出会いをしていなければ、きっと彼とわたしの人生が交わることなんてなかったに違いない。

知らない世界に飛び込むのは、怖い。けれど彼のおかげで、彼のいる世界に自分が馴染んでいけることに喜びを感じていた。

しかし慣れない場所で慣れない格好をしていると、頑張っていても疲れは出てしまう。

気づかれないように笑みを浮かべていたけれど、尊さんはお見通しだったようだ。

「我慢強いのは那夕子のいいところだけど、僕には甘えてほしい。ここで少し休憩していて」

優しく手を引いて、バルコニーにエスコートしてくれる。ソファにわたしを座らせると、近くにいるウェイターからワイングラスを受け取り手渡してくれた。

「まだ少し挨拶をしないといけないから、行ってくる」

彼はすぐに会場に戻ろうとした。

「わたしも、一緒に行きますよ」

そのために、パーティーに同伴したのに。ゆっくり休憩なんてしていられない。

「ダメだ。那夕子は僕のわがままに十分つき合ってくれた。だから少し休憩して、この後のふたりの時間のために体力を温存して」

尊さんは目を細めると、長い指でゆっくりとわたしの頬を撫でる。

視線と声色がやけに色っぽくて、この後のことを想像させるには十分で……。

「……わかりました。ここで、おとなしくしています」

「いい子だ。さっさと面倒なことは終わらせてくる」

微笑む尊さんを見送って、わたしは手元の白ワインをひと口飲み、ほっと息をついた。

わずかに頬に感じる風が、冷たくて心地よい。パーティーの喧噪から離れ、目を閉じて深く息を吸い込む。

まだ頑張れると思っていたけれど、思っていたよりも疲れていたみたいだ。慣れないヒールでつま先もふくらはぎも痛いし、もしかしたら笑顔が引きつっていたのかもしれない。

尊さんの判断が正しかったんだ……。

彼の顔が瞼の裏に浮かんできただけで、思わず頬が緩んだ。

いまだかつてこんなふうに思える相手なんて、いなかった。

ただ大切にされるだけでは、ダメだ。彼の隣に立ち、彼と同じものを見ていきたい。

「しっかりしないと」

ぶんぶんと頭を振って、自分を鼓舞《こぶ》していると頭上から声がかかる。

「久しぶりだな。那夕子」

笑い混じりのその声を不愉快に感じた。顔を見なくても相手が誰だかわかってしまって、それがまた不快だった。

「しょ……片野先生。――ご無沙汰しております」

できれば一生会いたくないと思っていた。けれど会ってしまったのだ。できるだけ冷静に、なんでもないことのようにふるまおうとする。

「ずいぶん他人行儀なんだな。知らない仲でもないだろうに。なぁ、那夕子」

わざと馴れ馴れしい態度で接してくる。

こういう人なのだ。過去の女はまだ自分に未練があるのだと思っているに違いない。勘違いも甚だしい。

きっとわたしの、よそよそしい態度も気に入らないのだ。

向こうが一歩近づいてきた。縮まる距離に不快感を覚えて、ソファから立ち上がる。

「三島院長の代理でパーティーに来たんだ。まさか、那夕子もいるなんてな。それならもっと早くに来るんだった」

わたしを、翔太は上から下まで舐めるように見てきた。全身に怖気が走り、わたしは無意識のうちに、自分を守るように自らの体を抱きしめていた。

「他人の金で、ずいぶん化けたじゃないか。どんな男とつき合ってるんだ?」

なんという言い方だろうか。下品極まりない言動に、不快感が増していく。

「失礼な言い方をしないでください」

「事実だろう。俺とつき合っているときは従順なふりをしていたけど、本当は俺の金が目当てだったんだろう」

なぜそういう話になるのだろうか。いつわたしが、翔太にお金を無心したというのだろうか。

たしかにつき合っているときは、誕生日やクリスマスにプレゼントをもらった。けれどわたしも彼のリクエストに応えて、プレゼントを渡していた。普通の恋人同士のやりとりだと思っていたけれど、違ったのだろうか。

「お話しすることは、特にありませんので」

彼の脇をすり抜けようとすると、腕を掴まれた。嫌悪感が体中を駆け巡り、腕を振りほどこうとする。

けれど翔太は、嫌がるわたしをおもしろがるように笑う。

「そんなに邪険にしなくてもいいだろ。俺も使える金が増えたんだ。今ならもっとお前にいい思いをさせてやれる」

「聞き捨てならないですね」

わたしが声をあげようとしたそのとき、地を這《は》うような低い声がその場に響いた。

「尊さんっ！」

さっと手を引かれて、彼の後ろにかばわれる。視界が広い背中で隠された。

彼はチラッと背後にいるわたしを見て、大丈夫だからとでもいうようにうなずいた。

わたしはそれまで気を張っていたのが急に緩んで、目頭が熱くなった。悔しさがこぼれ落ちそうになるのを我慢する。

「……川久保製薬の？」

「ええ、川久保尊です」

最初に尊さんと対峙したときは、暗闇ではっきりと顔が見えていなかったようだ。この場で初めて、記憶と尊さんの顔が結びついたに違いない。

相手が取引先の重役だとわかった翔太は、それまでむき出しにしていたわたしへの失礼な態度を引っ込めた。

「片野です」

翔太がスーツのポケットから名刺入れを取り出そうとすると、尊さんはそれを止めた。

「名刺は結構です。誰とでも交換するわけではないので」

鋭い視線と怒りに満ちた声色。それはわたしが初めて見た尊さんだった。

いつもは温和でユーモアに溢れている彼の怒りは、その場の空気さえも凍りつかせるほどだった。

先ほどまで高圧的な態度だった翔太も、一瞬ひるんだ。

「はっ、ずいぶん偉そうだな。俺にそんな態度とってもいいと思っているのか?」

翔太はバカにされたと思ったのか、再び傲慢な態度を見せる。

「ええ。むしろ敬意を払う必要を感じませんが」

尊さんがまったく相手にせずに、淡々と答えた。静かな態度が余計に彼の憤りを表しているように感じる。

「貴様！　近いうちに三島紀念病院は俺のものになるんだぞ。三島はお宅の会社にとっては大切な取引相手のはずだ」

「たしかに三島紀念病院には大変お世話になっています。いや、それ以上に三島先生には治験にも協力していただいて、我が社にとってはとても大切な病院であります」

「そうだ、だから――」

「それと今、わたしの大切な人に対する無礼な態度は関係ありません。こういうのを……虎の威を借る狐《きつね》と言うんですよね?」

きっぱりと言い切る。そんな尊さんに翔太はたじろいだ。

「客をないがしろにするなんて、お前はどうかしてるんじゃないのか？」

「ええ、もちろんそうです。ですが、お客様がすべて神様というわけではありませんから」

ふっと冷笑を浮かべる。

なにを言ってもまったくひるまない尊さんを翔太が怒鳴りつけた。

「俺にそんな口をきいたことを、後悔させてやる。覚えてろよ」

そう言い放つと、ひと睨みして会場へと戻っていった。

「しかし、ずいぶん古典的な捨て台詞だな」

背中に怒りを滲ませて去っていく翔太を呆然と見つめていると、気の抜けた声が聞こえた。

「大丈夫？」

それはすでにいつもの尊さんの声だった。ほっとしてわたしは小さくうなずいた。

「いいや、大丈夫なはずがないな。ごめん、僕が君をひとりにしてしまったのが悪かったんだ」

「違います。尊さんはなにも悪くないです。わたしがちゃんと対処できればよかったんです」

しっかりと翔太とのことは終わらせたつもりだった。けじめをつけてマンションから出たし、仕事も辞めた。これ以上どうすればよかったのだろうか。

翔太の言った最後の言葉が気になる。

もし翔太が尊さんに、なにかをするつもりならどうしよう。

「片野先生とわたしのことは、尊さんには関係ないのに」

どん底にいたわたしを、笑顔にしてくれた尊さん。

彼に迷惑をかけることになったら、いたたまれない。

わたしはキュッと唇を噛んだ。

「那夕子。関係ないだなんて、寂しいこと言わないで。もう君に関するすべてが、僕にとっては自分のことと同じなんだ。それを拒否するようなことは、言わないでほしい」

はっとしたわたしは、顔を上げて尊さんを見る。

わたしを見つめるその表情はどこか寂しそうだった。わたしの言葉が彼を傷つけてしまったのだ。

「わたし、決してそういうつもりじゃなかったんです」

「わかってるよ。那夕子が甘えベタだってことは。たけど今後はもっと僕を頼ってほしいんだ」

彼がわたしを抱き寄せた。彼の胸に顔を埋める。

「僕も、もっと那夕子が素直に甘えることができるように努力するから」

どうしてこの人は、こんなに優しいのだろうか。わたしを守り、傷をこうやって癒やしてくれる。

きちんと今の気持ちを伝えたいと思う。けれど胸がいっぱいで、溢れる思いのすべてを言葉にすることができない。

それでも大切なことだけは、ちゃんと伝えたい。

「ありがとう。大好きです」

彼の背中に回した手に、ぎゅっと力を込めた。

それと同時に尊さんがわたしの背中を撫でていた手が止まる。

「那夕子、君がそう言ってくれている間は、僕のすべては君のものだよ」

尊さんの腕に力が込められた。

少し痛いと感じるその強さを、心地よく感じた。

「わぁ、すごい。広いですね」

川久保邸で暮らしているので、豪華さには馴れていたつもりだった。けれど、尊さんが用意してくれていた部屋は、ホテルの一室とは思えないほどの広さだった。

白とゴールドを基調とした高級感が溢れるリビングには、ゆったりとした大きめのソファが置かれている。ミニキッチンや書斎なども備えつけられており、奥にある開けられた扉の先には大きなベッドが見える。

人生で初めて足を踏み入れた豪華な部屋をあちこちと見て回る。壁一面のガラス窓に張りついて、眼下に広がる夜景を見下ろす。

「すごい眺めですよ。ずーっと向こうまでキラキラ……っ」

背後からわたしの腰に腕が回され抱きしめられる。

「緊張してる？」

「はい。ばれていましたか？」

わたしはさっさと認めてしまう。

「温泉のときと、一緒だったから。不自然にはしゃぐ姿もかわいいけどね」

やっぱり、彼にはお見通しだったのだ。

「すみません。少し落ち着きます」

「かまわないよ。そういう初々しい君を見るのは、とても喜ばしいことだから」

彼はきっとわたしがなにをしても許してくれるのではないかと思ってしまう。それほどいつも甘やかしてくれる。

ガラス越しに、尊さんと目が合う。すると彼はにっこりと微笑み、わたしの耳に小さく唇を落とした。

「夜景もいいけど、こっちに来ない？　那夕子に話したいことがある」

「改まってどうしたんですか？」

尋ねたけれど、彼は少し困った顔をして笑っただけだった。

わたしは導かれるまま、ソファに座る彼の隣に腰を下ろした。するとすぐに、彼が膝の上に置いていたわたしの手に自らの手を重ねた。

不思議に思い、彼の顔を見る。

少し表情が固いように思うのは気のせいだろうか。

彼が一度きゅっと、唇を引き結んだ後、決心したように口を開いた。

「僕は、君に謝らなければならないことがある」

まさかそんな話だとは思わず、みぞおちのあたりが急激に冷え込んでいくのを感じた。

わたしの表情が固くなったのを見て、尊さんはわたしの手をぎゅっと握った。

「これ、見覚えがない？」

彼がスーツのポケットから時計を取り出した。

「ナースウォッチですか？　あ、これ……」

それは逆さの文字盤にクリップがついた時計で、文字盤の縁は黄色で彩られていた。

「以前同じものを使っていたんですよ。でもある人に……えっ？」

驚きで目を見開く。

当時の記憶が脳内に浮かび上がり、まさかという思いと、もしかしてという思いが次々に取って代わる。

「まだ看護師になってすぐだった君は、病院の廊下でぶつかったひとりの男の腕時計を壊してしまった」

頭の中の光景を、尊さんがそのまま口にする。

「そうです。それで弁償を申し出たんですけどその方が、必死で固辞されてしまい……時計がないと不便だろうからって、わたしの時計をお渡ししました」

そのときには、もう確信に変わっていた。

「あのときの時計が、これだ」

「本当に……？」

まさかあのときの男性が尊さんだったなんて、今まで微塵も思わなかった。というよりもすっかり記憶の奥の引き出しにしまい込んでいて、思い出すこともなかったのだ。

「やっぱり気持ち悪いよな。何年も大切に持っているなんて」

「いえ、そういうことじゃないんです。でもそんな安物の時計どうしてまだ持っているんですか？」

看護師になりたてだったわたしのナースウォッチは本当に安価なものだ。彼なら立派な腕時計を他にも持っているはずなのに。

尊さんは時計を見つめた。

「これが僕の支えだからだよ」

なぜその小さな時計が？

彼はわたしの疑問を晴らすように、ゆっくりと当時の話を始めた。

「あのころの僕は自分のしている仕事に迷いを持っていた。入社するまでは、川久保製薬で働くことが当然だと思っていた。けれどしばらく働いてみると人助けのためなのか、金儲けのためなのか……利益を追求することに疲れていたんだ」

医薬品は健康を維持し、命を救うものだ。医療の現場にはなくてはならない。けれどその研究と開発には莫大な時間とお金がかかる。当然会社としては利益を上げなければいけない。

「なんだか、人の命をお金に換算しているような気がした。考えが青いと言われればその通りなんだけれど」

尊さんなら、そういう考えを持つのも納得できた。そして自分が果たす使命との間の乖離《かいり》に悩んでいることも想像できる。

「そんなときだった。偶然、三島紀念病院で君を見かけたのは」

ふっと、尊さんは表情を緩ませた。

「当時小児科に勤務していた君は、同僚の看護師とワクチンの話をしていた。覚えてる？」

「いいえ。ごめんなさい」

正直言って、誰とどんな会話をしたのかまるで記憶にない。

「相手の看護師が、我々製薬会社は高い薬ばかりを売るのに必死だと揶揄《やゆ》したんだ。それに対して君は『多くの人を救う安いワクチンもお金がないと作れませんよね』って」

尊さんは、そこで言葉を区切るとわたしをまっすぐに見据えた。

「君は言ったんだ。『値段の高い安いではなく、必要な人に必要な量の安全な薬を届けようとしているだけですよ、きっと』ってね。その言葉にまるで許されたような気がした。君の言葉で自分の使命を覚悟することができた」

黙って話を聞くわたしの頭を彼が優しく撫でた。

「今の僕がいるのは、あのときの君の言葉のおかげだ」

「そんな……わたし、全然気がつかなくて」

「当たり前だよ。今まで黙っていたんだからね。その後、僕にぶつかった白衣の天使は時計だけ残して姿を消してしまった」

わたしが小児科に在席していたのはほんのわずかの期間だった。

尊さんはあの日は他の営業担当の代わりとして三島紀念病院に来ていたので、そこでふたりの縁は切れてしまったのだ。

ただひとつ、小さなナースウォッチだけを残して。

「探そうと思えば、探し出せたかもしれない。でも綺麗な思い出のまま心に残しておくのもいいかと思ってね」

尊さんは大きく呼吸をして、両手でわたしの手を包んだ。

「祖母が倒れたとき、那夕子がいて驚いた。人違いじゃないかと思って何度も君の顔を盗み見た。その後、今の君の状況を知り、どうしても力になりたくなった。あのとき僕が救われたように。だから祖母を利用して僕のそばにいるように仕向けた。ずるいことをして悪かったと思っている」

悲痛な面持ちで謝罪する彼に、わたしは首を左右に振った。

「謝らないでください。わたしちゃんと尊さんに救われましたから」

彼には感謝こそすれ、謝罪してもらおうなんてこれっぽっちも思っていない。

「最初はたしかに、君を救いたいという思いだった。でも、君のそばにいると惹かれていく心を止められなかった。だから今日きちんと話をしてから、君を本当に僕のものにしたかったんだ。今の話を聞いて、僕のことをもう一度受け入れてくれる？」

いつもは穏やかで自信に溢れている尊さんの瞳。けれど今はわたしの心の中を探るように、頼りなげな色を浮かべている。

「もう一度受け入れるもなにも、わたしはとっくに尊さんのものです。こんなに好きにさせておいて、今さら離れるなんてできません」

思いが伝わるように、丁寧に言葉で伝えた。

それだけでは足りない気がして、彼に握られていた手をほどき首に抱きつく。

「ずっとわたしの言葉を大切にしてくれていて、ありがとうございます。これからそばにいてもがっかりされないように頑張りますね」

ぎゅっと抱きしめると、尊さんも抱きしめ返してくれた。

いや、もっと強い力でわたしをかき抱いた。

「那夕子、僕はきっと生涯君にがっかりすることなんてないと思う。愛しているんだ。君がとても愛しい」

彼が腕を緩めて、わたしを引きはがした。そして熱い眼差しでわたしの瞳を射抜く。

ゆっくりと愛しさのこもった目が近づいてくる。

キスの予感にわたしはそっと瞼を閉じた。


ギシリとふたりを受け止めたベッドが音を立てる。

キングサイズの真ん中で、ふたりでもつれ合うようにしてキスを交わす。

「っ……ん……はっ」

今まで尊さんとは何度かキスをした。唇を重ねるだけの軽いかわいいキス。気持ちが高まって、何度も繰り返した情熱的なキス。

でもこのキスはそれまでのどれとも違う。お互いの存在を確かめ合い、思いを交わしてひとつになろうとする——そのための始まりのようなキスだ。

尊さんは器用にもキスをしながら、わたしのドレスを脱がしていく。

「このドレスを着せたときから、こうやって脱がすことを考えていたんだ。ずっと君が欲しくてたまらなかった」

熱い手のひらがわたしの形を確かめる。髪を撫で、耳をくすぐり頬をさする。キスの激しさからは想像もできないくらい、そっと優しく。

くすぐったいような、でもそれだけじゃない。ビクンと体を跳ねさせ、捩《よじ》るとなぜか彼がうれしそうに笑う。

「すごく素直だね」

自分でもわかっていた。彼に触れられて体が反応していることを。

だから言葉にされると恥ずかしくなる。

「そ、そういうことは……」

「言わせてほしい。君の恥ずかしがる姿は、とてもかわいいから」

目を細めた彼は、わたしの抗議を封じ込めるようにして唇を重ねた。

唇を割って入ってきた舌に、わたしの舌がからめとられる。熱くて溶けてしまいそう。体の奥から湧き上がってくる熱に浮かされる。

彼から与えられるもの以外、なにも感じられないし考えられない。彼の大きな手のひらがわたしを優しく追い詰めていく。

普段は自分しか知らない場所を、次々に暴かれていく過程は恥ずかしかった。けれど彼にすべてを捧げているという気持ちが加わり、それもまたわたしを興奮させた。

「ん……尊さんっ」

自分の体がこんなにも感じやすいなんて、今まで知らなかった。

触れられるたびに広がる快感に、声をあげる。彼の指がわたしを高みに連れていく。

けれどひとりでは嫌だ。一緒がいい。

わたしは激しく首を振る。

「一緒に。尊さん……もっ」

わたしが話をしている最中も、彼はわたしの体をいたずらに撫でる。

感じすぎて涙の膜が張った目で彼を見ると、額に汗を滲ませ余裕のない表情を浮かべていた。

「先に那夕子に気持ちよくなってほしかったんだけど。そんなふうにかわいくおねだりされたら、我慢なんてできない……っ」

尊さんはふっと笑うと、準備をしてわたしの中にゆっくりと入ってくる。

押し広げられる感覚に息が詰まる。

そんなわたしを気遣って、彼は額に小さなキスをした。

目じりに頬に、あらゆるところに、キスの嵐。

「苦しい？」

きっと我慢してもばれてしまう。素直にうなずいた。

「でも、うれしい気持ちが大きいです。それと、尊さんにも気持ちよくなってほしい」

素直に伝えた。彼はわたしが素直だと喜ぶから。

「……っ、はあ。君の言葉はいつも僕の気持ちを揺さぶる。今後は少し気をつけてくれるとありがたいな……くっ」

そう言い終えるや否や、彼とわたしはより一層深く繋がった。

お互いの汗ばんだ肌がくっつくと、ひとつになったと思えた。

「那夕子。少し無理をさせるよ」

律儀だなと思う。そしてそれが愛しいと思う。

わたしがうなずくと、彼は宣言通りにわたしに無理をさせた。

体の中で彼の存在を感じる、熱い昂《たか》ぶりがわたしの中を往復する。その熱が今度はわたしの中の女の部分を呼び覚まし、はじけさせる。

「だ、ダメ！　尊さんっ……！」

「ダメはなしで」

そんなこと言われても、もう限界だ。

きつく閉じた瞼の裏で白い光がはじけた瞬間、わたしは彼のすべてを受け止めた。

浅い呼吸を繰り返し、気だるい体をベッドに沈める。

「大丈夫？」

尊さんがベッドに腰かけると、ギシリと音が鳴った。顔を覗き込まれたわたしは、恥ずかしいけれど顔を背けることも億劫《おっくう》だと感じるくらい疲れていた。

「水、飲むよね？」

喉……たしかにカラカラだ。初めは我慢していた声も、最後のほうは悲鳴に近かった。

あんな声をあげることになるなんて。

無意識だったけれど、記憶には残っている。だからこそ余計に恥ずかしい。

尊さんは体を起こそうとしたわたしを、ゆっくりと支えてくれる。

ペットボトルを受け取りごくごくと飲むと、ぼーっとしていた意識が少し戻ってきたような気がした。

尊さんはなにも言わず、ずっとそんなわたしの様子を見つめていた。バスローブ姿の彼はいつにもまして艶《なま》めかしい。

「もう十分？」

「はい。ありがとうございます」

彼はわたしの手からペットボトルを受け取ると、喉を鳴らしながら水を飲み、ベッドサイドにあるチェストに置く。

ベッドに上がってきた彼は、わたしを再びベッドに横たえた。それはちょっと強引で、驚いて目を見開くわたしを見て、彼は片方の口角をわずかに上げた。

色気の中に狡猾《こうかつ》さが混じり、とてもじゃないけれど、いつもの紳士的な彼と同じ人物だとは思えなかった。

「では、次は僕の渇きを潤してもらおうかな」

首筋に顔を埋めて、舌先でなぞられる。さっきの行為の余熱のせいか体がすぐに反応して、ビクンと揺れた。

「とてもいい反応だね」

尊さんはクスクスとうれしそうに笑った。

「あのもしかして、もう一度ですか？」

「一度で済めば、いいんだけど」

少し困ったように、そしてまるで他人事《ひとごと》のように言う。

焦ったわたしは、胸元にキスを繰り返す彼を止めようとする。

「さっき、さんざん――」

「あれくらいで？　君に触れれば触れるほど僕の渇きがひどくなるんだ。もっと、もっとって」

「でもそれじゃあ……んっ」

ベッドから出られないではないか。そう抗議しようと思ったけれど、熱い唇がそれを阻む。

お互いの体が反応し始めると、それまで感じていた気だるさがどこかにいってしまう。

その後は結局――。

彼の背中を抱きしめて、お互いの吐息と汗が混じり合い、境目がわからなくなるほど抱き合った。

「もっと、もっと」とわたしを欲する彼に、わたしの体は愛される喜びに満たされ続けた。

束の間の幸せ

とある高級レジデンスの一室。

殺風景に見えるけれど、洗練された家具。手入れの行き届いた生き生きとした観葉植物。

メゾネットタイプの豪華な造りで、リビングが吹き抜けになっているので、マンションの一室とは思えないほど開放感に溢れている。

ここは尊さん所有の部屋だ。彼は基本的には川久保邸に住んでいるけれど、仕事が遅くなったり、ひとりになりたいときには、こちらのマンションを使うそうだ。

ほぼ寝に帰るだけ……というけれど、それだけのための部屋としてはもったいない。

普段は家事代行サービスを使っていて、部屋の掃除や洗濯はすべて任せていると言っていた。

そしてわたしは今、彼のこの部屋で、遅く帰宅した彼のために夜食を作っていた。

ご飯にのせているのは、錦糸卵に細く切ったたくあん、椎茸《しいたけ》と鶏肉。そこに食べる直前に鶏出汁《だし》をかける鶏飯は、鹿児島《かごしま》出身の母の直伝の味だ。

尊さんの口に合えばいいのだけれど……。

「こんなに贅沢なキッチンで調理道具も揃っているのに、料理を一切しないなんてまさに宝の持ち腐れですよ」

仕上げにネギをパラパラとかけていると、背後から尊さんが腰に手を回して抱きしめてきた。

「どうして？　那夕子がこうやって料理を作ってくれるから、まったくもって無駄じゃないよね？」

彼は身をかがめて、わたしの耳にキスしてクスクスと笑う。

すごく甘い時間。

「期待してくださっているようですが、すごく簡単なもので申し訳ないです。でも、自信作ですから、召し上がってください」

彼の腕の中でくるっと向きを変える。間近にある尊さんの顔には疲れが見えた。

彼はここのところずっと川久保邸ではなく、こちらのマンションで寝泊まりしている。わたしがお世話になるようになってからは極力一緒に過ごすために川久保邸で生活をしていたけれど、最近はそれができないくらい忙しい。

だからこそ、わたしがこうやって、マンションに来たのだけれど。

わたしが彼をダイニングに押しやると、笑いながらテーブルについてくれた。

彼の前に準備した鶏飯を置く。尊さんは手を合わせてから食べ始めた。

どうかな……口に合うといいんだけど。

心配で思わずじっと見てしまう。

彼はレンゲでひと口噛みしめるようにして食べると、口角を上げた。それだけで合格点だとわかる。

「おいしいよ。出汁が優しい味で、いくらでも食べられそうだ」

「よかった。ゆっくり召し上がってくださいね」

わたしも向かいに座って、彼が食事するのを見ていた。

「すごく忙しそうですね。いつもこんな感じなんですか?」

ここ最近忙しそうにしているのは知っていた。けれど、こんなに疲れた様子を見たのは初めてだ。

「いや、今は特別。少し……トラブルがあってね」

「そうなんですね、早く解決するといいですね」

内容を聞いてもきっとわからないだろう。それに守秘義務もある。

だからもどかしいけれど、心配することしかできない。それでも堂々と心配できるのはうれしい。

尊さんが食べ終えた食器を流しまで運ぶ。スポンジに洗剤をつけて洗おうとすると、彼が止めた。

「これを使えばいいじゃないか」

ビルトインの食洗機。これもまた寝に帰るだけの部屋に不似合いな立派なものだ。

「食器がこれだけなのに、もったいないです」

わたしの言葉を無視して、尊さんはさっさとお皿を中に入れてしまう。

「ただでさえ、那夕子の手は酷使されているんだから。それに君には他の大切な仕事があるからね」

「中村先生のところの仕事は明日はお休みですよ？」

手を動かし続ける尊さんの顔を覗き込む。するとクスクスと楽しそうに笑った。

「そうじゃない」

言うな否や、わたしの頬に小さなキスをした。

ああ、そういうこと。

すぐに彼の意図がわかってしまう程度には、ふたりの関係は進んでいる。

「……わかりました」

下手な返事をしてしまうと、すごく期待しているように思われそうで、ひと言で返す。

赤い頬と緩んだ口元で、わたしの気持ちはバレバレに違いないのだけれど。

「この部屋、味気ないと思っていたけど、那夕子とところかまわずいちゃつけるなら、持っていてよかった……っと」

「きゃあ！」

いきなり抱き上げられて体が浮いた。

驚くわたしを見た尊さんは、してやったりといった顔だ。

「もうご自宅でだって、十分いちゃついていると思うんですけど」

おばあ様を安心させるためだとか言って、彼は常にかりそめの妻であるわたしをめいっぱい甘やかしている。

「それはそれ、これはこれ……と、いうことで」

おかしそうに肩を震わせる彼の首に、わたしは自分の腕を回した。

彼の力強い腕は安心感とときめきを与えてくれる。わたしのこの手は、彼になにを与えられるだろうか。

ふとそんなことを考えていると……。

「では、まずはバスルームへ行こうか。那夕子」

さっさと歩き出した尊さんが、ありえないことを言い出した。

「ちょ、ちょっとそれは無理かも」

「いいや。しっかりと新妻としての務めを果たしてもらわないと。めいっぱい、ね?」

笑った尊さんの目の奥に、甘い熱を感じた。

「恥ずかしいことを一緒にすればするほど、僕らの仲も深まるというものだ」

「そういうものでしょうか……?」

「そういうものだよ」

妙にうれしそうにしている尊さん。そんな彼を見て断れなかった。

しかしバスルームの扉の向こうで待っていたのは、想像以上に恥ずかしいことで……。

けれど彼の『仲が深まる』という言葉はまんざら嘘でもなかった。

少しずつ、でもしっかりと深まるふたりの関係がすごく心地いい、そんな夜だった。

【ごめん、今日も帰れそうにない。体冷やさないようにして早めに休んで】

そんなメッセージが届くのも五日目。

もう尊さんの顔をずいぶん見ていないような気がする。普通の恋人同士ならそう長い期間でもないけれど、一緒に暮らしているせいで寂しさが余計に募る気がした。翔太とつき合っていたときには感じたことのない感情。それだけ尊さんへの気持ちが深いのだと、こんなことで気づかされる。

最後に会ったのが、彼のマンションの部屋だ。

あの日もすごく疲れた顔をしていた。ちゃんと食事を取っているだろうか。けれど彼のことばかり考えていられない。

わたしは元気よく中村先生に挨拶をして、昨日のカルテの片付けと診察の準備を始めた。

中村先生のデスクの上にあるカルテを手に取る。患者名を見て目を見開いた。【川久保尊】と記載があったからだ。

座っていた中村先生の顔を見ると、彼もわたしが尊さんのカルテを手にしているのに気がついた。

「あれ？　なんでそんな驚いた顔。もしかして知らなかった？」

カルテから読み取ると、尊さんは二日前の夜、時間外にクリニックを訪れていたようだ。

「……はい」

　先生はわたしと尊さんの関係をすべて知っている。もともとは仮の妻だったけれど、今は恋人関係にあることも。

　それなのに、彼が体調を崩しているのを知らないなんて。

　落ち込むわたしを勇気づけるように、先生が明るく説明してくれる。

「少し風邪気味だっただけ。疲れがたまっているみたいだったから、点滴して帰した。心配ならカルテ確認して。君なら見ても問題ない」

　カルテを見るとたしかに先生の言う通りだった。ほっとしたけれど、そんな状況なのに、わたしに連絡のひとつもくれないことに寂しさを感じる。

　いや、ここは怒ってもいいくらいだ。わたしの心配をするくらいなら、自分の体を大切にしてほしい。

「まあ、今夜はゆっくりサービスしてやりな。でも、あんなに焦って仕事している尊を見るのは、初めてかもしれないな。基本的になんでもスマートにこなすいけ好かない奴だから。会社でなにかあったのか？」

「そうみたいですけど……詳しくは」

「まあ、そうだよな。家族でも話ができないこともあるからな」

そこまで話をすると、時計を見てお互い仕事の準備に戻った。

体を動かしながらも考えるのは、尊さんのことだ。

今夜、尊さんのマンションに寄ってみよう。戻ってくるのが遅くても顔を見て様子だけでも確認したい。

モヤモヤした気持ちのまま、診療が開始した。


その日はいつも通りに仕事を終え、一度川久保邸に戻るつもりだった。

けれどその予定は一本の電話によって狂ってしまう。

翔太から、三島紀念病院の近くにあるホテルのカフェテリアに呼び出されたのだ。

本来ならば会いたくもない人物。断ってしまいたかったけれど、あのパーティーのときの捨て台詞が気になって応じてしまった。

中に入るとすぐ目につく席に翔太が座っているのが見える。

無意識に足が止まる。けれどここで帰るわけにはいかない。

わたしは意を決して彼の前に出た。

「座れば？」

翔太は立ったままのわたしに、向かいの椅子を勧めてきた。

わたしが座ると同時にやってきた店員にオーダーを済ませると、さっそく彼に今日の目的を尋ねる。

「どうして、急に呼び出したんですか？」

「おい、まだコーヒーも来てないのにせっかちだな。お前、そんな性格だったたっけ？」

翔太は軽薄な笑いを浮かべる。その表情だけでもわたしを不快にするのには十分だった。

わたしはどうしてこんな男とつき合っていたのだろうか。それとも彼と過ごした時間がすべて無駄だったと思っているから、こんなに嫌な気持ちになるのだろうか。

どちらにせよ、さっさと話を終わらせたい。

「きっと、あなたの知っているわたしは、本当のわたしじゃなかったんです」

尊さんと一緒に過ごして、愛されて、わかったことがある。片方が一方的に尽くしたり、愛を込めてもそれは決して〝愛し合う〟ことにはならないのだ。

お互いの愛を通わせてこそ、愛し合うという行為が成立する。

わたしと翔太の関係は愛に見せかけた、妥協や見栄、欲望やなりゆき……そんなものでできていたように思う。

わたしが今、思いきり大切にされているからこそわかったことだ。

「あんまり生意気なこと言っていると、後悔することになるぞ」

ギロリと睨みつけられた。

バカにされたと思った翔太が低い声で脅しの言葉を発する。

怖くて肩がびくっと震えた。口を閉じ、テーブルの下でぎゅっと拳を握った。恐怖に虐《しいた》げられないように、必死になって背筋を伸ばす。

翔太はわたしの怯えた態度に満足した笑いを見せる。

「そうだ、そうやって黙って俺に従えば、面倒なことにはならないから安心しろ」

「どういうことですか？　面倒なことって……」

不適に笑う翔太に尋ねる。

彼がなにかを企んでいるのは確かだ。

翔太が椅子にもたれて、足を組み替えた。ちょうど運ばれてきたコーヒーをひと口飲んで、もったいつけた態度で、わたしを焦らす。

「川久保専務だが、ここ最近大変お忙しいようだな」

不適な笑みを深める翔太が尊さんの名前を口にした瞬間、胸がぎゅっと押しつぶされたような痛みが走った。

「尊さんになにかしたの？」

「別に彼個人になにかしたわけじゃないさ。川久保製薬がちょっと困ったことになっているだけで」

「いったい、なにをしたんですか⁉」

わたしが前のめりになった瞬間、ガタンと椅子が音を立てた。周囲の視線が集まる。

「大きい声を出すな。生意気な態度を取るな」

低く鋭い声はわたしを抑えつけようとしている。

悔しくてわたしは唇を噛み、「ごめんなさい」と小さく口にした。

言いたいこともあるし、彼に屈するのは屈辱だ。けれど翔太の本当の目的がわかるまでは、こうするしかない。

その態度にほくそ笑んだ翔太は、話の続きをした。

「川久保製薬の新薬の治験だが、うちの病院は下りることになりそうだよ」

「……そんな……嘘ですよね？」

長年、三島紀念病院は川久保製薬の治験に協力をしている。それが急にどうして。

「そんなこと、できるわけないです」

震える声で根拠のないことを言うのが精一杯だった。

「いや、俺にはそれができるんだ。できる立場になったんだ。なんせ、三島家の跡取はならない。そんなことは、子供でもわかるはずだ。

「仕事上でのトラブルがあったなら理解できるが、個人的な感情でこんなことをして

「お前は俺のものなのに、あの男が横取りしたんだ。それなりに罰を受けるのは当然のことだろう」

「どうして？　お前もあの川久保尊もむかつくからだよ」

「……っ……ひどい、どうして」

りだからな」

「……わたしを一生縛りつけるつもりなんですか？」

先に裏切ったのは翔太だ。院長の娘と結婚をする道を選んだのだから、わたしと別れるのは当然だ。

翔太は自身を睨みつけているわたしを見て、声を出して笑った。

「縛りつけるだなんて人聞きが悪いな。俺のことを本当に理解してくれるのは那夕子だけだ。だからお前には、危害を加えていないだろう？」

たしかにわたしが直接なにかをされたわけじゃない。けれど一番傷つく方法を選んでいる。

今にも泣き出しそうなわたしを見て、とうとうおなかを抱えて笑い出した。

——悔しい、だけど。

「どうしたら、川久保製薬との関係をもとに戻してくれますか？」

「お？　やっぱり話せばわかると思っていたんだ。俺の望みはただひとつ。お前があの男と別れることだ。俺を裏切ったお前が幸せになることは許さない」

「そんな……！」

どうしてそこまでわたしに執着するのだろうか。あのころの翔太は婚約が成立して、わたしを邪魔に思っていたはずだ。裏切ったのは自分なのに。

目の前に座る男の顔を見る。醜悪に笑うその顔は、わたしが泣き出すのを今か今かと待ち構えているようだった。

悔しい。こんな男といっときでも人生をともにした自分を恥じた。いつからこんなふうになってしまったのだろうか。少なくとも彼といて楽しかった時間があったはずなのに、今となってはそれさえも思い出せない。

「さあ、どうする？」

わたしがどういう答えを出すか、わかって言っている。

そして彼の思っている通り、わたしは尊さんと離れることでしか、彼を守ることができないのだ。

「あなたの言いたいことはわかりました。わたしは尊さんとお別れします。でもあなたのもとには戻りません。川久保製薬には今の時点でもダメージを与えているはずです。今後のことを考えると、あなたにだって不利になることが出てくるのでは？」

翔太は計算高い男だ。川久保製薬との繋がりを完全に切るのは、彼とて惜しいはず。

翔太が一瞬眉間に皺を寄せたが、ニヤリと笑った。

「まあ、好きにすればいい。どうせ行き場がなくなったら、俺のところに戻りたくなるさ」

いったいどこからその自信が湧いてくるのだろう。彼の中でわたしはまだ自分の所有物なのかもしれない。

言いたいことはあるけれど、これ以上話をしても無駄だ。

「少し時間をください」

感情を押し殺して小さく、けれどはっきりと言った。痛む胸を必死で抑えつけ、絶対にこの男の前では泣くまいと……その思いだけで自分を保っていた。

「いいだろう。まあ、遅くなればなるほど、あいつへのダメージが大きくなるだけだからな」

これ以上はなにも聞きたくない。なにも話したくない。

「じゃあ、これでも忙しい身なんでね。どこの製薬会社も俺には色々と期待しているみたいだから」

最後までわたしに脅しをかけてくる。

彼が立ち上がる。わたしは彼を見ないように俯いていた。しかし翔太はそれを許さない。

「……っ、いやっ」

顎を持たれ、無理矢理上を向かされる。

「そういう頑なな態度が、むかつくんだよ」

吐き捨てるようにそう言うと、彼はカフェテリアを出ていった。

指先が震える。

恐怖なのか怒りなのか、その両方なのか。悔しくて、腹立たしくて、自分の中にあるありとあらゆる負の感情が体中を駆け巡る。

そしてなによりも……尊さんに申し訳ない気持ちでいっぱいだった。

始まりは少し強引ではあったけれど、尊さんの行動にはいつもわたしへの気持ちがこもっていた。わたしを人として尊敬してくれて、恋人として愛してくれた。

だからこんなに早く、もう一度人を好きになることができたし、心から笑えるようになった。

彼が様々な思いを持って、代々受け継がれてきた会社とその理念を大切にしていたことを知っている。そして彼の会社が生み出すもので、世界中の困っている人たちが、救われていることも。

わかっている……だからこそ、自分の気持ちを押し通すことができない。

彼に事実を告げれば、きっと『気にしなくていい』と言ってくれるだろう。そして今みたいにひとりで頑張るのだ。

なにも見ない、知らないふりをして彼に甘えていればいいのかもしれない。

だけどわたしは、それはできない。そうしてしまったら、きっと尊さんが好きだと言ってくれた自分ではなくなるだろうから。

わたしは心を決めた。

スマートフォンをバッグから取り出して、画面に尊さんの番号を表示させる。

彼に連絡をして呼び出す。そして――。

自分がなにをすべきなのかわかっているのに、指が震えて通話ボタンが押せない。

画面にポタポタと涙が落ち、そこで初めて自分が泣いていることに気がついた。

涙は止まることなく、流れ続ける。

結局、その日は尊さんに連絡をすることができなかった。

川久保邸のダイニングで、わたしはおばあ様とランチを取っていた。おいしい料理が並んでいるが、ほんの少しスープを飲んだだけ。お皿には出てきたままの料理が残っている。

翔太に呼び出されたあの日、尊さんは夜の便でスイス出張に向かった。連絡を取ろうと思えば可能だけれど、わたしは好都合とばかりに彼と話をするのを避けていた。

決定的な話をしなければ、その間は彼のものでいられるから。そんな浅はかな考えだった。

実際どういう理由を告げれば、尊さんは納得してくれるのだろうか。ただ『別れたい』と言うだけでは、きっと許してくれないだろう。それにおばあ様のことも、途中で投げ出すことになる。色々考えるとますます行動に移せなくなってしまった。

けれどいくら先延ばしにしたところで、結果は変わらない。むしろそのせいでわたしは追い詰められて、周りの状況が見えなくなっていた。

食事後、おばあ様の部屋に呼び出された。

午後からは散歩に出る予定にしていたので、ブランケットを手に部屋を訪れる。

「那夕子さん、ちょっとそこに座ってお話ししましょう」

「はい……」

突然改まってどうしたのだろう。

わたしは、おばあ様がベッドからソファへゆっくりと歩くのを手伝い、ソファに向かい合って腰を下ろした。

「那夕子さん、あなたと尊の間になにがあったの？」

「……っ、どうしてですか？」

「こう見えても、案外わたくしも鋭いのよ。昔ほどじゃないけれど」

きっとおばあ様は、わたしの様子がおかしいことにとっくに気がついていたのだ。

そして尊さんがなんらかのトラブルを抱えていることも。

「まあ、わたくしがとやかく言うことはできないわね。きっと根本的な原因はわたくしですから」

「おばあ様？」

疑問に思い首を傾げるわたしに、おばあ様は悲しそうに顔を曇らせた。

どうしておばあ様が？　ますます不思議に思う。

「尊と一緒にいるのがつらいなら、無理しなくてていいですよ。あなたはあなたの場所に戻りなさい」

「……っ」

おばあ様の言う通り、確かにここはわたしのいる場所ではないのかもしれない。

しかし、わたしを尊さんの妻だと言って、ここに滞在させたのはおばあ様なのに……。

「誤解しないでね。わたくしは、この家が本当にあなたの戻る場所になってくれたら……と思っています。でも……そのことで那夕子さんがこんなに悩んでいるならば、離れたほうがいいと思うのよ」

おばあ様の言葉の端々から感じられる違和感。

「おばあ様。わたしと尊さんが、夫婦を演じていることにお気づきだったんですか？」

「本当にごめんなさいね」

深く頭を下げたおばあ様は、なかなか顔を上げてくれない。

おちゃめで物事をはっきり言うおばあ様が好きなのに、こんなふうに謝らせるなんて……。

「やめてください」

「そうね、こんなことをしても許されないことをしたわ。ボケたふりしてあなたを引きとめるなんて、卑怯者のすることね」

顔を上げたおばあ様の表情は憂いを帯びていた。いつもは川久保家の女主人として、体は不自由ながらも、威厳のあるおばあ様が小さく見える。

こんなふうに謝らせてはいけない。わたしだって薄々気がついていたのに、夫婦のふりをしていたのだから。

「尊が那夕子さんに興味を持った様子だったから、なんとか引きとめることができないか考えた結果だったの。これまであの子が女性に執着するなんてことは、わたくしの記憶にある限りはなかったのよ」

申し訳なさそうな目でおばあ様はわたしを見つめる。

「でもきっと、わたくしがこんな余計なことをしなくても、あなたたちふたりは惹かれ合っていたでしょうね」

後悔を滲ませるおばあ様の声。

しかしわたしには、嘘をつかれていた怒りよりも安堵のほうが大きかった。

「安心しました。おばあ様の記憶が混乱していなくて。もしかしたら本当に認知症の症状が出たのかもしれないと思っていたので」

わたしはほっとしていた。おばあ様が中村先生の見立て通りで、認知症を発症したわけではないのだとわかったからだ。

「那夕子さん……あなたっ……こんなときまでわたくしのことを考えてくださるのね。こんな面倒な状況にしたのはわたくしなのに」

「尊さんもご存知なんですよね？」

「ええ、きちんと話をしたわけじゃないけど、おそらく気がついているでしょうね」

おばあ様の目に涙が滲んだ。

「たしかにおばあ様のために、わたしは尊さんと夫婦のふりをしていました。でもそれに後悔はないんです。ここでの生活はとても楽しかったから」

おばあ様の嘘については、嘘でよかったという思いしかない。むしろその嘘のおかげで、わたしは素晴らしい時間を過ごすことができたから。

わたしは今の自分の正直な気持ちを打ち明けた。けれどできればもっとここで、みんなと一緒にいたいということだけは言わなかった。

泣かないでいようと気持ちを強く持ち、笑みを浮かべる。

うまく笑えていないのは自分でもわかっている。けれど、笑わなくてはいけない。

「でも、わたしはここを出ていこうと思っています。今までお世話になりました」

「那夕子さん……考え直せない？　尊がわたくしの嘘を知っていて黙っていたのは、あなたのことを……」

わたしはゆっくりと、でもしっかりと首を振る。

「とてもうれしい申し出ですが、すみません」

「尊のこと、嫌いになった？　わたくしから見てもあなたたちはとても大切にし合っているように思えるのだけれど」

きっと自分のことのように胸を痛めてくれているに違いない。

おばあ様も尊さんと同様、他人であるわたしを家族のように大切にしてくれた。

そんな彼女に嘘でも『尊さんのことが嫌いになった』なんて言えない。

嘘をついて仮の夫婦となったとはいえ、わたしたちの間に芽生えた気持ちまで〝嘘〟にはしたくなかった。

「尊さんが……好きだから出ていきます。わたしが彼にできる唯一のことなので」

「どうして⁉　なぜ、そんなことが尊のためなの？　那夕子さん、間違っているわよ。いったいなにがあったの？」

翔太のことはとてもおばあ様には言えない。わたしのせいで川久保製薬に不利益をもたらし、尊さんを苦しめている事実はどうしても言えなかった。心臓の弱いおばあ様に負担をかけられない。

おばあ様が腰を浮かし、わたしの手を握った。

お年を召した彼女の手は小さくて温かい。けれどわたしを説得するその手は力強い。

おばあ様の手を振りほどくことに、どれほど葛藤があっただろうか。

おばあ様の言う通り、この場にとどまって解決を待つべきなのかもしれない。

でもそうなれば、尊さんが大きな被害を受けるに違いない。そしてそれは、病気で苦しんでいる患者さんやその家族、薬を待ち望んでいる人にも影響を及ぼすだろう。

そう考えれば、わたしのわがままを押し通すことなんてできない。

「今は間違っていると思っていらしても、結果的にはこれでよかったと思う日が来ます」

「そんな日、絶対に来ないわよ。絶対に間違っているわ」

おばあ様は吐き捨てる。

きっとこれ以上なにを言っても、わたしの気持ちが変わらないと思ったからだ。

「今まで、ありがとうございました。どうかお体、お気をつけて」

わたしが彼女の手を握ると、もう片方の手をその上に重ねてきた。温かさが涙を誘う。

「いつでも戻ってきてね。やっぱりわたくしは――」

「これ以上は……」

わたしが首を振って否定すると、おばあ様は寂しそうな目でわたしを見てゆっくりと目をつむった。

「わかったわ。ありがとう」

わたしの手をポンポンと二回叩くと、彼女のぬくもりが離れていった。

わたしはすぐに立ち上がり、扉の前へ向かう。

今にも涙がこぼれ落ちそうなのを必死に隠して。

＊　＊　＊

「運転手さん、もう少し早く行ける道はありませんか？」

「無茶言わないでよ。急な雨で、道が混んでるんだ」

家まであと少し、迷わず雨の中を走ることを選んだ。

力任せに門扉を開け放ち、玄関に向かう。

これまでこの距離がこんなに煩わしいと思ったことはなかった。

到着したころには、スーツは雨に濡れてすっかり重くなっていた。帰宅したと声もかけずに、離れにある自室に向かう。

ほんの少しの時間でも、今は惜しかった。大事なものが自分の手からすり抜けようとしているのを黙ったまま見過ごすなんてできない。

部屋の前では秋江さんが、オロオロとした様子で立っていて、僕の姿を見た瞬間にほっとしたような顔になった。

彼女がそこにいるということは、那夕子はまだ部屋にいるらしい。どうにか間に合ったみたいだ。

「那夕子」

ノックもせずに扉を明けた。

ボストンバッグを手に、扉に背中を向けていた彼女の肩がびくっと震える。きっと僕だとわかっているはずだ。だから彼女はこちらを見ない。

結局焦れた僕が彼女の前に回り込む。

ずっと会いたくて仕方がなかったのに、彼女は僕を拒むように、決して顔を上げようとはしなかった。

テーブルの上には置き手紙。丸みを帯びた女性らしい字。僕の名前が書いてある。

「こんな手紙ひとつで、出ていくつもり?」

努めて冷静に。決して焦るんじゃない。

自分にそう言い聞かせた。

いつもならそれで気持ちのコントロールができるのに、出てきた声は思いのほか強張っていた。

ああ、感情が抑えられていない。

けれどこれ以上どうすることもできない。僕をこんなふうにさせるのは那夕子だけなのに、それを彼女はわかっているのだろうか。

頑なに僕のほうを見ない彼女の手を引き、無理矢理こちらに向かせた。その顔を見てはっとする。

目は充血していて、こすったせいか周りも赤くなっている。

それを見て、胸が痛んだ。そして彼女がこんな状態になるまで、放っておいた自分を責めた。

けれど今、反省などしている暇はない。

那夕子の手にあるボストンバッグを奪い、逃げられないようにした。

そうそう抵抗もなく、彼女はボストンバッグを離した。

たったそれだけのことなのに、彼女自身も止めてほしいと思っているのではないかと希望を持ちたくなってしまう。

「とにかく座って」

素直に言うことを聞き、ソファに座った彼女の隣に、ゆっくりと寄り添う。

「こんな時間にどこに行くつもり？　今日僕が帰ってくるって、知っていたよね？」

那夕子がゆっくりとうなずいた。

よかった、ちゃんと反応してくれた。無視されるのが一番きつい。

「これってラブレター……なわけないか……」

少しでも明るく話をすれば、いい方向に進むかもしれない。そういう淡い期待を持ったけれど、むなしくなるだけだった。

彼女は唇を真一文字に引き結んでいて、話し始める様子はなかった。

「どういう経緯で、この家を出ていくことにしたのか、僕には聞く権利があると思う」

出張中、何度も那夕子に連絡を入れた。けれど彼女の声を聞くことも、メッセージの返信を受け取ることもなかった。

ひどく胸騒ぎがして、秋江さんに連絡をした。彼女は口止めをされていたようで、最初にごまかしていたけれど、そのうち耐えきれなくなったのか、彼女がこの家を出ていく用意をしていることを知らせてくれた。

飛行機を一便早めて帰ってきて正解だった。予定通りであれば、この部屋はすでにもぬけの殻《から》だったに違いない。

「嘘は終わりにしたいんです」

久しぶりに聞いた彼女の声は、覇気《はき》がなく今にも消え入りそうだった。

「それは、僕との関係を終わりにしたいということ？　けれど最初からわかっていたことだろう？　そんな理由では今さら納得できない」

自分で言っても落ち込む台詞。それに彼女は小さくうなずいた。

「尊さんは……おばあ様が嘘をついていることを知っていたんですね？　わたしが薄々気がついていたにもかかわらず、本当のことを隠したまま今日まで引き延ばした。卑怯です」

きっと彼女の本心じゃない。わかっていても、やっぱりきつい。

「たしかに、僕が卑怯だったことは認める。でもそれは――」

「言い訳は必要ありません。わたしは善意で嘘につき合いました。それを裏切ったのは尊さんです」

彼女の言葉の通りだ。彼女にそういうことを言わせてしまった自分を殴りたい。

「それを言われてしまうと、きついな。でも本当に理由はそれだけなのか？」

たしかにあのときはどうしても、一刻も早く彼女を自分のもとに置きたかった。祖母の嘘を早くにきちんと説明しなかったのは、完全なる自分の判断ミスだ。

しかし気持ちを通じ合わせた今、話し合いの時間も持たずに逃げるように出ていくなんて彼女の性格からして考えられない。

まさかすでに彼女が……今、自分の周りで起きていること、を知っているのかもしれない。

「尊、そのくらいにしなさい」

入口の扉から声がして振り向く。おばあ様が車椅子でこちらにやってきていた。

どういうことだろう。僕の味方のはずなのに、どうして那夕子が出ていく手助けをするのか。

「ですが……」

「みっともありませんよ。那夕子さんの好きにさせてあげなさい。それが今のあなたにできることです」

そうすること以外、なにもできないのだと言われてしまった。

本当にそうなのだろうか。

那夕子の顔を見る。赤かった目をますます赤くさせている。鼻の頭さえ赤くて、今にも泣き出しそうなのが見て取れた。

こんな顔させたくないのに。

今の自分は、彼女に泣くことさえ我慢させているのだと思うと、不甲斐なく自分に対して憤りでいっぱいになる。

これまでなら僕の視線に気づけば、彼女もこちらを見てくれた。けれど今は、力の限りでそれを拒否している。

彼女の意志は固いことはわかった。けれど、一度こちらを見てくれないだろうか。そう思って見つめ続けた。

しかし彼女は話は終わったと立ち上がり、僕が取り上げたボストンバッグを手に扉に向かう。

もう止めはしなかった。

「秋江さん、タクシーを呼んで差し上げて」

「はい。……奥様」

泣き出しそうな秋江さんの呼んだタクシーに乗って、彼女が去っていくのを僕はガラス越しに見送った。

「行ってしまったわね」

隣にいる祖母が、つぶやく。

「おばあ様は反対なさるかと思いました」

「あら、当てが外れた？」

「少し」

苦笑いを浮かべると、祖母は笑い出した。

「あなたがそんな顔するなんてね、珍しいこともあるのね。まあでも、彼女を迎えに行く算段はつけてあるのでしょう？　それと、彼女がこんなことを言い出した原因も」

「もちろんです」

あれこれと手を打ってはいた、ただしそれが間に合わなかった。それは自分が間抜けだったのだと思うほかないのだけれど。

「今は一度彼女から離れることで、彼女を守れるなら仕方のないことです。もちろん指をくわえて見ているつもりはないですけどね」

こうなってくれば一刻も早く敵との決着をつけなくてはならない。周りへの影響を最小限にするためにじわじわと追い詰めていたせいで、彼女を傷つけることになってしまった。

今無理に彼女を引きとめることで、今度は直接彼女が被害を受けるかもしれない。

これ以上放っておくわけにはいかない。

僕はあいつの姿を思い浮かべて、奥歯を強く噛みしめ、この場で怒りを爆発させないようにした。

「あらまあ、怖い。まあでも、那夕子さんを傷つけたこと、川久保家をバカにしたことを、相手に存分に後悔してもらいなさい」

「ええ、もちろんです」

僕の答えに満足した祖母は、那夕子のことを思ってか少し悲しげに笑った後、部屋を出ていった。

ひとり残された部屋を見渡す。

さっきまで彼女がいた部屋が妙に広く感じる。これまでひとりで過ごすことのほうが多かったにもかかわらず、彼女の存在が色濃く残るこの部屋にひとりでいると焦燥感を覚える。

「すぐに迎えに行くから」

聞こえるはずなどない言葉を彼女にかけて、決意を新たにした。

＊＊＊

【川久保さんとは別れました】

川久保邸を出てから一週間後。翔太に送った短いメッセージの返事は、

【明日、二十時。この間のホテルのカフェテリアで】

一方的にわたしを呼び出すものだった。

声さえも聞きたくないと思っていた。けれどその短いメッセージの中に〝絶対に来い〟という圧力を感じて、わたしは約束の時間にカフェテリアに向かう。

もう二度と尊さんや川久保製薬に手出ししないということを約束させたかった。

待ち合わせの時間よりも少し早くに到着すると、翔太はすでに席にいた。

翔太のいるテーブルに向かうと、顎で向かいの椅子に座るように促された。

わたしが座るとほどなくしてコーヒーが運ばれてくる。

翔太がニヤリと笑い、口を開いた。

「さっそく俺の言う通りにしたんだな。以前の那夕子に戻ったみたいでうれしいよ」

胡散くさい笑みを浮かべる姿に嫌悪感が走る。

わたしに決して、なにも考えずに盲目的に翔太を信じていたころに戻ったわけではでは

ない。自分で考えて、尊さんと離れることでしか、彼と彼の大切にしているものを守れないと思ったからそうしたまでだ。その方法しかなかったことは悔しいけれど。

けれど翔太にそれを言ったところで、仕方がない。わたしは今日の目的を果たそうと口を開いた。

「わたしとの約束……守ってください。川久保製薬の治験のこと、きちんとしてください」

必死の思いで訴えかける。しかしそんなわたしを、翔太はニヤニヤと笑う。

「そうだな。そうしたいのはやまやまだけど、那夕子と川久保が別れたっていう証拠がないだろう？　お前の言葉だけでは、信用できないな」

「そ、そんなっ！　ひどいっ」

声をあげたわたしを、周りのテーブルに座っている人が見ている。

けれどそんなこと気にしていられない。

「結局、あなたは約束を守るつもりなんて、さらさらなかったってこと？」

わたしはその場に立ち上がり、翔太を睨みつける。しかし彼はなんとも思わないのか、鼻で笑った。

「ひどい言われようだな。那夕子がきちんと証明してくれればそれでいい。優しい俺は、ちゃんとお膳立てまでしてやった。ほら、向こうを見てみろ」

振り向くとカフェテリアの入口から、尊さんがこちらに向かって歩いてくる姿が目に入った。向こうもわたしを見て驚いている。

翔太はいつの間にか立ち上がり、わたしの隣に立っていた。

「……どういうことですか？」

小さな声で尋ねるが、肩をすくめてにやけるばかりだ。

そんなことをしているうちに、目の前に尊さんがやってきた。その表情は固い。

「那夕子、どうして君がこの男と一緒にいるんだ？」

非難めいた言葉に、顔を俯けた。

「おいおい、川久保さん。彼女はあなたとは別れたと言っています。もう関係ないのでは？」

「那夕子、答えてくれ。どうしてこんな奴と一緒なんだ？」

尊さんは翔太の言葉を完全に無視して、わたしにだけ声をかけた。

なにも答えられない。そしてその態度が翔太を煽る。

「川久保製薬の専務さんが、みっともないな。那夕子とあなたはすでに終わった関係だ。だから彼女が誰となにをしようと、口出しできない。そうだろう、那夕子？」

俯いたまま、なにも言葉にできない。

しかし翔太はそんなわたしを許さなかった。

「さあ、ちゃんと証明するんだ。お前たちが他人だってことを」

わたしの腰を引き寄せて、耳元で囁いた。

ぐっと奥歯を噛みしめ、悔しさを紛らわせる。

「最低ね」

絞り出すようにして、翔太に対して発した言葉は軽く笑って流された。

こんな最低な奴の言いなりになるなんて。

そうは思うけれど、尊さんやおばあ様のことを思うと、言う通りにするしかなかった。

「那夕子……？」

尊さんの声がわたしの名前を呼ぶ。

少し遠慮がちで、それでいて以前と変わらない優しい響きに胸が揺さぶられる。

けれど……。

「もう……名前では呼ばないでください。わたしとあなたはなんの関係もないのですから。失礼します」

腰に回されていた翔太の手を振りほどき、尊さんの脇を抜けようとした、そのとき。

「僕は、諦めない」

力強い声が聞こえ、いけないとわかっているのに思わず足を止めてしまう。

尊さんはそれをわかってか、ダメ押しをする。

「僕は那夕子のことを、絶対に諦めない。もう一度絶対に僕の腕に抱くつもりだから、覚悟しておいて」

胸がぎゅっと押しつぶされるようだ。

切なさと甘さがないまぜになり、呼吸が苦しい。

それ以上この場にいることはできず、気がつけばわたしは駆け出していた。

「お熱を計りましょうね」

そう声をかけ、額にピッと電子体温計を当てる。

子供も多く来院する中村クリニックでは重宝するアイテムだ。

「三十八・三度。もうすぐ先生に診察してもらえるから、頑張ろうね」

わたしの声かけに、母親に抱きかかえられた小さな女の子はコクンとうなずいた。

「小沢さん、こっち手伝ってくれる？」

「はーい！　すぐに行きます」

受付の手伝いをしていると、診察室から中村先生に呼ばれた。問診票に女の子の体温を記入して、受付担当の真鍋さんに引き継ぐ。

「ありがとうございました。それにしても、先生、人使いが荒すぎます。小沢さん大丈夫ですか？」

診察も受付も手伝っているわたしのことを心配してくれているようだ。真鍋さんは診察室のほうを軽く睨んでいる。

「平気よ！　忙しいほうがいいから。行ってくるね」

診察室に向かうわたしに、彼女はやれやれという顔をした。

心配してくれるのはありがたいけれど、今のわたしにはそれよりもこの忙しさのほうがありがたかった。

川久保家を出て三週間余り。

わたしは結局、ウィークリーマンションへ移った。

中村先生のクリニックも辞めるつもりだったのだけれど、先生に『困る』と強硬に反対され、正規の看護師さんが復帰するまで続けさせてもらうことにした。

バタバタと走り回っているうちは、落ち込まずにいられる。仕事のことだけを考えていられる時間は、本当にありがたかった。

最近は午後の訪問診療にも同行している。一日フルで働いた後は疲れきって眠るだけ。

体が疲れていない休みの日は、色々と考えて眠れないこともあるので、今のわたしは仕事をしているほうが都合がいい。

午前の診療が終わるのは十三時を過ぎたころ。患者さんの数によって前後することはあるものの、だいたいその時間だ。

昼休憩もそこそこに、午後の訪問先のカルテを揃えようとリストを確認する。

その中におばあ様——もうそう呼ぶ資格はないのだけれど——の名前を見つけた。

今日は訪問日ではないはず。となれば、体調が悪いのかもしれない。

わたしは川久保家を避けるように、おばあ様の診察だけには同行していなかった。

だからここ最近の詳しい病状はわからない。

カルテをめくって確認していると、背後から声がかかった。

「そんなに心配なら、一緒に行けばいいのに」

声の主は中村先生だ。わたしは振り向いて力なく首を振った。

「今さら、あの家には行けませんよ」

「どうして？　仕事なんだから割り切ったらいい」

そう簡単にできるわけない。職務放棄だと言われても、それだけはできなかった。

「認知症は豊美さんの嘘だったとしても、心臓のほうはこれ以上よくはならない。年齢も年齢だ。命には限りがある、職務上そのことはよく知っているはずだけど。会えるときに会うべきじゃないのか？」

「そう……ですね」

それ以上なにも言わないわたしに、中村先生はため息をついた。

「悪かった。そんな顔をさせるつもりじゃなかったんだ。午後は俺ひとりで大丈夫だから、真鍋さんの仕事を手伝ってあげて。レセプトがたまっているはずだから」

「はい。わかりました」

気を使わせているのはわかっている。

結局、わたしはいつもこうやって周りの人に助けられてばかりだ。

せめて仕事くらいはきちんとしないと。

また痛み始めそうな胸をなんとかおさめて、わたしは少し早いけれど仕事に取りかかった。

昼休憩を終えた真鍋さんと、カルテのチェックをしながら、月初のレセプト——診療報酬を保険組合などに請求する業務に備える。

真鍋さんは十五時までの勤務だ。小学生のお子さんが帰ってくるまでに帰宅できるとあって、長くこのクリニックで働いている。

「お疲れ様でした。お先に失礼します」

帰っていく彼女を見送って、わたしは備品の整理を始めた。

本当なら彼女と同じ時間に帰るはずだったけれど、部屋にひとりでいるよりも仕事をしていたほうがいいと思い、気になっていた雑務を片付けることにしていた。

ひとつ手をつけると、あれこれと手を広げてしまい、気がつけば三時間も経過していた。

「うーん」

大きく体を伸ばしたとき、クリニックの玄関が開く音がした。

わたし、鍵を閉め忘れていたんだ……。

慌てて診察室から出ていくと、そこにいる人物を見てわたしの動きが完全に止まってしまった。

「午前中で診療時間は終了しています。お帰りください」

緊張で声が震えた。冷たい態度を取ろうとしたけれど、どうやら失敗したようだ。

「妻に会いに来たのに、つれないね」

「誰のことをおっしゃっているのか、わかりません」

わざとつっけんどんにしてみたが、ぎこちない。

「冷たい態度を取られても、会えたことのほうがうれしいなんて、僕は少しおかしいのかな？」

「……っ」

わたしだって、彼を追い返そうと思っている気持ちの片隅で、会えてうれしいと思ってしまっている。

「那夕子を迎えに来た。一緒に帰ろう。僕にはやっぱり君が必要だ」

すぐにうなずけたらどんなに幸せだろう。けれどそれはできない。

「なに言ってるんですか？　わたしがどういう気持ちで……あなたから離れたと……」

心の奥底に押し込めていた気持ちが、抑えられなくなった。我慢するべきだとわかっているけれど、できない。

「どういう気持ち？　言ってくれないと伝わらない。僕は君を諦めるつもりは端《はな》からないし、この間もそれを伝えたはずだ」

尊さんは間合いを詰めると、わたしを抱きしめた。

ずっと欲していた彼のぬくもり。それを感じて、なし崩しになってしまいそうになる。

「困ります、だって新薬のことはどうするんです……あっ」

ここまで必死になって、翔太から脅されたことを隠していたのに、この一瞬ですべて水の泡になってしまった。

「やっぱり知っていたんだな。君が、僕が祖母の嘘を隠していたことだけが原因で、家を出たとは信じがたかったんだ」

こうなってしまったら、すべてを打ち明けよう。川久保製薬を守るために、もとに戻ることはできないけれど、納得はしてもらえるかもしれない。

「片野先生が、わたしに接触してきたんです。川久保製薬の治験を取りやめるって……」

「おそらく君が僕と別れれば、それらをうまく取り計らうとでも言われたんだろう?」

わたしは力なくうなずいた。

「ですから、尊さんはもうわたしには会いに来ないでください。でないと……なんのために……わたし……」

我慢ができずに、ボロボロと涙がこぼれた。気持ちを強く持っていたつもりだったのに、彼の前に出た途端に弱い自分が顔を出した。

「本当に、なんのため——誰のためなんだ? もし、僕のためだというなら、那夕子は僕から離れずに、そばにいるべきだ」

「でもそれじゃあ、新薬はどうなるんですか? 会社や患者さんは?」

わたしのわがままで、多くの人の未来を犠牲にするわけにはいかない。

「それについては、僕が謝るべきだ。もう少し早く、行動を起こすべきだった」

どういうことなのか聞こうと思ったとき、またもや入口が開いた。

「おい、こいつ病院の前でうろついてたぞ」

中村先生が首根っこを掴んでいるのは、翔太だった。

「どうして、こんなところにっ⁉」

まだなにかされるかもしれないと思い声をあげた後、明らかに彼の様子がいつもと違うのがわかった。

ヨレヨレのスーツに、無精ひげ。とてもくたびれた様子が見て取れた。

中村先生が手を離すと、ふらふらしながら尊さんの前に出て、どさっと膝をついた。

「助けてくれ、美穂が婚約を解消すると言い出したんだ」

「えっ……？」

三島院長の娘の美穂さんのほうが、翔太をいたく気に入って婚約が成立したと聞いている。それなのに、どうしてそんな話になったのだろうか。

「それは仕方のないことでしょう？　身から出た錆《さび》ということだろうな」

「そんな……、なぁ？　院長とは懇意にしているんだろ？　少しくらい……」

つい二週間前に会ったときのような、傲慢さのかけらもない。尊さんにみっともなくすがりついている。

「しつこいな。あなたは色々と間違えた。最も大きな間違いは、那夕子を傷つけて僕を敵に回したことだ」

「……っ」

地を這うような低い声。

わたしは尊さんの怒りをはらんだ声に身震いした。

「ちょっと、行きすぎてしまったようだな」

翔太が一瞬でひるんだ。けれど彼も後に引けないのか、藁《わら》にもすがるように声をあげた。

「たかが、こんな女のために……俺の人生が」

「こんな女……だと？」

尊さんの小さな声が聞こえるや否や、彼は一気に翔太の胸ぐらを掴み立たせた。

「ひぃ……く、苦しい」

狭い待合室に、くぐもった男のうめき声が響いた。

わたしは固まって声が出ない。

「那夕子を〝こんな女〟呼ばわりするなど、失礼にもほどがある」

「離せっ！　あぁああっ……くそっ」

尊さんは暴れる翔太を突き放した。

「そんなに暴れるから余計に痛い思いをすることになったんだ。まあ優秀な医者なんだから、自分で治療できるだろう？」

冷ややかにそう言い放つと、尊さんはわたしのほうを振り向いた。

「見苦しいところを見せて悪かった。もっとスマートに解決するつもりだったんだけど」

まだ事態がのみ込めず、ゆっくりうなずくことしかできない。

そんなわたしの頬に、彼は手を添える。

彼の温かさが伝わってきて、わたしは彼を実感できた。

尊さんがなにかを思い出したのか、まだ床に座り込んでいる翔太に鋭利な視線を向けた。

「それとまだ知らないようなので、教えておく」

「なんの話だ？」

尊さんはより一層鋭い目で、翔太を上から見下ろした。

その態度に翔太が眉をひそめる。

「婚約破棄の件だが、三島院長は美穂さんがあなたに夢中なうちはなにを言っても無駄だと思っていたそうだ。だから時間を置くついでに、あなたの身辺を調査するために泳がせた。すると色々とよくない話が出てきた、そういうことだ」

尊さんがスーツの合わせから写真を数枚取り出した。そして、それを翔太に手渡す。

そこにはラブホテルらしい建物から女性と出てくる翔太の姿が写っていた。

翔太の顔がますます青ざめていく。色をなくした唇が震え出した。

「お前が……これを？」

さっきまでの勢いは失せて、声は弱々しい。

「三島先生には大変お世話になっているので、相談に乗ったまでのこと。しかしあなたがいくら横やりを入れたとしても、三島紀念病院と我が社との関係に影響があるとは思えないけどな」

「俺は……俺は……」

顔面蒼白の翔太は膝をついて、写真を震える手で握りしめていた。

「こっちは、お前のような小者の脅しでどうにかなるような、中途半端な仕事なんてしてないんだよ！」

尊さんの言葉が終わると同時に、翔太のスマートフォンの着信音が響いた。はじかれたように翔太が通話ボタンを押す。

「はい……いや、それは！　違うんだ、話を聞いてくれ」

哀れなほど取り乱した様子でスマートフォンを握りしめ、必死に訴えかけながら出口に向かっていく。

その背中に尊さんが追い打ちをかけるように言葉を投げかける。

「それと弊社の代わりに使おうとしていた製薬会社との癒着《ゆちゃく》も病院の知るところになっているはずだ。転職先も早急に探すことをお勧めする。いや、弁護士のほうが先かな？」

翔太はそれを聞くなり、ピタッと足を止めた。そして振り返り、青い顔で尊さんとわたしを睨んで外に出た。

それがなんだか痛々しく見えて、わたしは直視することができなかった。

「ちょっと、様子を見てくる」

中村先生が翔太の後を追って出ていく。ゆっくりと扉が閉まり、再びふたりきりになった。

わたしの前に立っていた尊さんが振り向き、しっかりとわたしを見つめた。

熱を持った黒い瞳。こんなに間近で見るのは久しぶりだ。

「少し痩せたね……」

彼の大きな手が、わたしの頬に触れた。

その手つきはすごく優しいのに、見つめる目はわたしの視線をとらえて放さない。彼の瞳がまたわたしを映しているのだと思うと、それだけで心が震えるほどうれしい。

「尊さん……ありがとうございます。わたし、やっぱりあなたが――」

ちゃんと気持ちを伝えたい。

自分から逃げ出しておいて勝手だと思う。けれどもうこれ以上、彼への思いを抑えておくことができない。

しかしそんなわたしの唇に彼が人差し指を当てて、ストップをかけた。そして口を開く。

「愛しています、那夕子」

感激と歓喜で胸が震えた。湧き上がる彼への愛しさに目頭が熱くなる。

そんなわたしを一心に見つめ、彼がまだ言葉を続けた。

「君をこんなふうに追い詰める前にどうにかしたかった。けれど決着がつかなければ、那夕子は僕のもとには戻ってこないだろう？」

たしかにそうだ。彼らに迷惑をかける可能性が少しでもあるならば、わたしは絶対に尊さんのそばにはいなかったはずだ。

「相談もせずに、勝手なことをしてすみませんでした」

「那夕子が自分を犠牲にしてまで周りの人間を大切にするということを知っていたのに、そうなる前に手を打てなかった僕が悪いんだ。始まりから卑怯な手を使って、だからこそ、誰よりも大切にしようと思っていたのに」

「尊さん……」

「それにもかかわらず君に愛していると伝えることを抑えられない。身勝手な男だということは重々承知しているが、それでも君をもう一度この腕に抱きたい」

いつも穏やかで自信に満ちている彼の瞳。彼の気持ちが痛いほど伝わり、ますます胸を締めつけた。

言葉にしようにも、どんな言葉を尽くしても今の気持ちを伝えることができない。うれしさ、喜び、愛しさ、彼から与えられたすべてのものを受け止めて、その上でわたしの気持ちを表現するための言葉が出ない。

わたしは手を伸ばして、彼を抱きしめた。抱きしめるというよりも、背伸びをして抱きつく形。それでも必死に彼に伝えたかった。

「そばにいたいです。離れたくない」

そうつぶやくと、彼の大きな腕が痛いくらいの強さでわたしを抱きしめた。

「那夕子、僕こそもう二度と君と離れるなんてできそうにない」

彼の強い腕と体温に包み込まれて、これまでのつらかった思いが流れていく。

彼に抱きしめられていることでやっと自分自身を取り戻せたような気がする。

彼の腕が緩む。ふたりの間にわずかな距離。

彼がわたしを愛おしげに見つめる。それに応えるように、わたしはゆっくり目をつむった。

熱くて柔らかなものが唇に触れ、すぐに離れる。甘い感覚が体を満たしていく。

目を開け、お互いの気持ちをもう一度確かめるように視線を絡めた。

それもキスが与えてくれたときめきと同じくらいわたしを幸せにする。

こうやって彼の腕にもう一度飛び込めたことが、この上ない喜びとなってわたしの中を駆け巡った。

彼の顔がゆっくりと傾く。もう一度……そう彼が言ったような気がして、わたしはそのままゆっくりと目を閉じた。

さっきよりも強く押しつけられた唇。角度を変え、どんどん深くなっていく。

お互いの言葉にできないほどの深い気持ちを伝え合うように、必死になって唇を交わしていた。

彼の背中にぎゅっと手を回す。

スーツが皺になっているかもしれない。それでもやはり、彼のすべてをこの腕の中で感じたくてやめられない。

息継ぎするのも許されないほどのキス、それを一身に受け止め、陶酔していた。

「尊さん……っ……もう」

「ダメ、もう少しだけ。いいだろう?」

唇を触れ合わせながら、そんなやりとりを数回した……そのとき。

コンコンッという結構大きなノックの音が聞こえる。

わたしはビクッと肩を跳ねさせ、尊さんは不満げに眉間に皺を寄せた。

明らかに意志を持ったノックの音。そこからひょっこりと顔を出したのは中村先生だった。

「俺の神聖なクリニックでいかがわしいことしないでくれない?」

「いかがわしいことなんてない。これは僕と那夕子が愛を――」

「ストップ」

恥ずかしげもなくなんでも話をしてしまいそうな尊さんの腕を引っ張って、必死で止めた。彼は不服そうな顔をしていたけれど、とりあえず言うことを聞いてくれた。

そんなわたしたちを見て、中村先生はちょっと呆れ顔だ。

「はいはい。さっさと仲直りでもなんでもしてくれ。鍵閉めるから出てくれない？」

手をシッシッとして、わたしたちを追い出す。

外に出る瞬間、中村先生がわたしに向かってウィンクをした。先生も態度には出さないものの、わたしたちのことを気にかけてくれていたのだ。

照れくさい思いと同時に感謝の気持ちが湧き上がり、わたしは返事をする代わりに笑みを浮かべた。

しかし目ざとい尊さんがそれを見つけて、中村先生を睨みつけた。

「那夕子は僕のものなんだから、今後変な目で見ないでほしい」

わたしは恥ずかしさで顔を赤くして、中村先生は呆れた様子で首を振っていた。

「はいはいわかったから、さっさとふたりでいなくなってくれ」

バタンと扉が音を立てて閉められた。


すっかり日は暮れていて、初夏の夜風がわたしの髪を揺らした。

「行こうか」

大きな手がわたしの手を包み、歩き出した。

『どこへ？』と聞こうと思ったけれど、やめた。彼とならばどこに行ってもいいと思えたからだ。

彼の隣にいられるのであれば、場所は関係ないのだと。

尊さんの車に乗せられて到着したのは、彼のマンションだった。

彼は車を停めると、助手席側に回ってドアを開けて手を差し出してくれた。わたしは彼に手を重ねて車を降りる。

お互い無言だった。

けれど久しぶりに一緒に過ごす時間は、特別な言葉など必要ないように思えた。視線で吐息で熱で、お互いの気持ちは通じ合っていた。

部屋に入るなり、靴も脱がずにキスを交わす。

尊さんは重ねた唇の間から、舌をしのばせながら煩わしそうにネクタイを緩めた。

思いきり上を向かされて貪るようなキスを与えられたわたしは、喘《あえ》ぎに似た声をあげながら必死に彼に応える。彼の腕にしがみつく。

キスが唇を離れ、耳から首筋を伝う。

カットソーの裾から彼の手が入ってきてわたしの素肌の上を指が伝う。

「……っん、……尊さん、ここ玄関です」

「わかってる。でももう少しだけ」

そう言ってわたしを愛でる手を止めてくれない。

彼が触れたところが、熱を持っていく。

一気に体温が上がると同時に、胸の高鳴りも痛いほど強くなる。

「きりがないな……」

尊さんが小さく耳元でつぶやいた。それと同時にわたしを抱き上げる。

「きゃあ！」

履いていたパンプスが玄関に転げ落ちた。

尊さんはかまうことなく、ずんずん部屋の奥へ向かう。階段を上り、寝室に向かっているのがわかり、胸がトクトクとまた違った音を立てた。

それは間違いなく期待の表れで……。

前を向く尊さんの顔をじっと見つめていたら、ふと彼がこちらを見た。

「そんな目で見られると、抑えがきかなくなる。覚悟はできているんだろうね？」

どんな目をしていたというのだろうか。わたしの期待がもろに出ていたとしたら、それはそれで恥ずかしい。

「なにを……するつもりですか？」

ちょっとした好奇心が抑えられず聞いてみた。

「それは、これからのお楽しみということで……」

愛しい彼の不敵な笑み。それさえかっこいいと思ってしまう。

ふいに彼がわたしの首筋にキスを落とした。そこにあるのは彼からもらったネックレス。

「これ、持っていてくれたんだね」

諦めが悪いと言われても、これだけは外すことができなかった。

彼へのわたしの思いがそうさせていた。

わたしがうなずくと、彼は本当にうれしそうに笑った。

彼が開いた寝室の扉。

バタンと閉まったその先で、わたしたちふたりの新しい関係が始まった。


最初にこの門をくぐったとき、あまりにも立派で緊張した。

そのときとは違う緊張がわたしを襲っている。

翌日、わたしと尊さんはふたり揃って川久保邸に向かっていた。

「尊さん。わたしおばあ様に合わせる顔がありません」

理由があったにしろ、切り捨てるようにして出ていってしまった。ここでの看護師としての仕事も投げ出した。

とても悲しい顔をさせてしまった。あのときの顔がまだ頭から離れないのだ。

「どうして？　今日の那夕子もとてもかわいいよ」

「ち、違います。そういうことじゃなくて」

わざとそんな言い方をする彼を軽く睨む。けれど尊さんは笑って受け流すだけだ。

「那夕子はなにも悪いことなんてしてないだろう。もとはといえば、こちらばかりが迷惑をかけているのだから、堂々として。ほら、あそこで待ち構えてる」

車を降りて顔を上げると、玄関先におばあ様が見えた。こちらに大きく手を振っている。にっこりと温かい笑顔に、緊張よりもうれしさが勝ってしまった。単純なものだ。

足早におばあ様のもとに向かい、車椅子の前にしゃがみ手を取った。

「おかえりなさい、那夕子さん」

強い力で手を握られ、慈しむように声をかけられた。

出ていくと告げた日、引きとめようとしてくれるおばあ様を振り切ってしまったことを思い出し、涙が滲んだ。

「……ただいま、戻りました。ご心配をおかけしました」

「よく戻ってきてくれましたね。わたくしたちが振り回してしまい、ごめんなさいね」

わたしに対する嘘を、おばあ様もずっと後悔しておられたのだろう。

「素敵な嘘をありがとうございます。わたし今とっても幸せなんですよ」

おばあ様は少し驚いた顔をしていたけれど、その後すぐに「奇遇ね、わたくしもよ」と、満面の笑みを浮かべてくれた。

うれしくて、尊さんを見ると、彼もまたわたしを見ていた。

「さあ、中にお入りなさい」

おばあ様に言われて、玄関をくぐった。

長い時間住んでいたわけでもないし、ここを離れて一カ月も経過していない。

それにもかかわらず、とても懐かしい気持ちがした。

きっとここが、自分が帰ってきたかった場所だからだろう。

自分が自分らしくいられる場所。皆が必要としてくれて、身も心も落ち着ける大切な場所。

「ただいま戻りました」

そう声に出すと、隣に立つ尊さんがうれしそうに答えてくれた。

「おかえり」

お互い微笑む。

見つめ合うだけで心を温かくしてくれる彼の隣にいることが、わたしにとってなによりも幸せだった。

彼の背後にある玄関脇の大きな窓から、植えられたばかりの一本の木が見えた。

「あれは？」

「桜の木だよ。来年には少しだけれど花をつけるはずだ」

おばあ様とご主人の思い出の桜の木があった場所に、尊さんが植えてくれたみたいだ。

「きっと僕たち夫婦と一緒に大きくなってくれる。楽しみだね」

「はい」

ふたりで紡ぐこれからの年月に思いを馳せながら、お互い見つめ合い笑みを浮かべた。

特別書き下ろし番外編

彼の好きな食べ物

「それで、中村に作ったのか？　弁当を？」

「あ……えっと、はい」

先にベッドに入っていた尊さんは、それまで眺めていたタブレットから視線をわたしに移す。その目には不満が見て取れた。

海外出張から帰ってきたばかりの彼が『ふたりきりで過ごしたいから』とリクエストをしたため、今日は彼のマンションにやってきていた。

さっきまでは、わたしの作ったご飯をおいしそうに食べ、お風呂にも浸かってご機嫌だったのに……わたしのひと言が引き金になって今はご機嫌斜めだ。

「どうして？」

「どうしてって……中村先生、最近お忙しそうで。お食事もまともに取ってないみたいなんです」

中村先生は医者の不養生を地で行くような生活をしている。

川久保邸に診察で訪れた際は、心配した秋江さんが食事を提供しているようだが、ここ最近は忙しくそれさえも断っているようで心配していたのだ。

「お弁当といっても、たいしたものじゃないんですよ。わたしのお昼ご飯のついでに作っただけなので」

「那夕子が作らなくてもいいだろう。うちのシェフに豪華な何段弁当でも作らせればいいと思うんだけど？」

「たしかに、わたしの作るお弁当では質素でしたよね」

川久保家のかかりつけ医であり、尊さんの親友である中村先生に食べさせるならば、もっと手の込んだものでなくてはいけなかったのだ。

まだまだ川久保家の常識に慣れない自分に落ち込み、肩を落とす。

しかし尊さんは、わたしの手を取りじっと見つめてきた。

「僕だって、忙しい」

「え？　……はい」

そんなことは百も承知だ。今日だって会うのは一週間ぶり。時差の関係で電話で声を聞くことすら難しかったのだ。

「だから、僕も那夕子の作った弁当を食べたい」

「あの……どういうことですか？」

いまいち彼の言いたいことがわからずに、不満顔の尊さんに真意を尋ねた。

「僕でさえ那夕子の作った弁当を食べていないのに、中村が食べるなんてどういうことだ？　あいつは不摂生で死ぬ前に、馬に蹴られて死ぬべきじゃないのか？」

真剣な顔でいったいなにを言い出すのかと思ったら……。

「本気……じゃないですよね？」

「なぜ？　ものすごく本気だけど」

じっとわたしを見つめてくるその目は、真剣そのものだ。

しかしわたしの心の中は、彼と違ってそわそわしている。

「食べたいですか？　わたしの作ったお弁当」

「もちろん。昼も那夕子の料理を食べられるなんて、そんな幸せなことはない」

「大袈裟ですよ。でも、そう言ってもらえてうれしいです」

凝った料理でもないし、すごくおいしいわけでもない。けれど〝わたしが作った〟ということに意味を見出してくれる尊さんがすごく愛しい。

それを聞いて、明日作る約束をした。けれど彼はまだ不満が残っているみたいだ。

「しかし、僕より先に中村が食べるだなんて腹立たしいな」

「でもそれは――」

仕方がなかった、と続けようとしたけれどジロリと見られて口をつぐんだ。

以前から、思っていることをわりとストレートに口にする尊さんだったが、ここのところそれが顕著になったように思う。

お互いの距離が縮まった証拠。こんな彼の姿を知っているのはわたしだけだと思うとうれしい。

誰に対する優越感なのか……と自分の独占欲に呆れる。

「こうなったら、僕以外が絶対に食べられないものをいただくことにする」

ん？　なんだろう。全然見当がつかない。

そもそもわたしが作れるものなのだろうか？

「ご飯系ですか？　温かい？　冷たい？」

そういえば尊さんの好きな食べ物ってなんだろう？

「もちろん、あったかいよ。それでいてみずみずしい」

「お菓子……でしょうか？」

「ん～甘いってところは共通してるかな？」

ますますわからなくなってきた。

「他にヒントはありますか？」

「そうだな。料理するのは那夕子じゃなくて、僕かな」

尊さんが？

無意識のうちに顎に手を当てて真剣に考えていた。

その手を尊さんが取って、わたしの人差し指を口に含んだ。

「んっ……い、いきなり。どうしたんですか？」

彼の熱い舌が指先に絡む。ゾクゾクとした快感が走り抜けると、体温が一気に上昇した。

「いきなり？　ちゃんと話しただろう？　僕以外が食べられないものをいただくって」

そう言いながらもわたしの手を離してくれず、指先は音を立てて彼の舌でもてあそばれていた。

「だ、だからどうして？　食べ物の話をしていたのに、こういうことになるんですかっ！」

体内から湧き上がってくる熱をごまかすように声をあげる。

「仕方がない。僕の食べたいものが那夕子なんだから」

「え？　な、なに言って――んっ」

それまで指をくわえていた彼の唇が、今度は首筋をなぞる。新しい甘いしびれが体にもたらされ、わたしは思わず嬌声《きょうせい》を漏らした。

繰り返される首筋へのキス。時折舌先を使ってなぞられると甲高い声を出してまう。

口元に手を当てて必死で声を押さえようとする。

「どうして声を我慢するんだ？　そういうことすると、余計に色々したくなる」

クスッと小さく笑う声が聞こえる。

いつの間にかはだけていた胸元を舐められると、チリッとした軽い痛みを感じた。

尊さんがきつく吸い上げたのだ。

視線を落とすと、朱《あか》い印がくっきりと浮かび上がっている。

その後も、甘く溶かしては吸い上げ、赤い花びらのような所有印を散らしていく。

「た、尊……さん、あぁっ……」

「いい声。ほら、どんどん甘い声を出して。そうすればますますおいしくなる」

体がどんどん熱くなる。

とろとろと甘くとろけていく自分の体を、尊さんが余すところなく口にしていく。

「あ……もう……いやぁ」

悲鳴に似た甘い声をあげ、体を弾ませ汗が飛び散る。

わたしを見る尊さんの目はいつもの穏やかな彼のものではなく、熱を持ち獲物を捕らえる捕食者のようだ。

こうなったら彼を止めることはできないのを、わたしは身をもって知っている。

あとは彼の言うところの〝料理〟を彼好みにされて、頭からつま先まで余すことなく食べられるしかない。

途切れそうになる記憶の中。

「僕の料理の腕もなかなかだと思わないか？　なあ、那夕子」

艶めいた顔で笑う尊さんの顔を見て、わたしはもう二度と彼に『なにが食べたい？』と聞かないと、心に決めた。

最後に聞こえたのは、尊さんの「ごちそう様。愛してるよ」という甘い台詞だった。

END

あとがき

はじめましての方も、お久しぶりの方も、このたびは「偽装夫婦～御曹司のかりそめ妻への独占欲が止まらない～」をお読みいただきありがとうございます。

実はこの作品は、一年以上も前に書きたいといってプロットを作ったものだったのですが、あれこれとしている間に完成までに一年と半年もかかってしまいました。

なんだかいつもよりも長くこの作品を書いていたせいか、思い入れのある作品に仕上がりました。

このお話のなかにたい焼きが出てくるのですが、実は一時期たい焼き作りにはまりました。

ホットサンドメーカーの付属品にたい焼きの型があってそれを使うのですが、できたてのたい焼きは最高！

チョコや、ハムとチーズ、ジャム、クリームチーズ……結構なんでも美味しいのですが一番はやっぱりあんこ。我が家ではしゃぶしゃぶ用の薄いお餅を一緒に入れるのが一番人気でした。

久しぶりに食べたくなってきましたが、現在は平日の二十二時。我慢して週末にでも作りたいと思います。


最後にお礼を。

今回担当していただいた倉持さん。ピンチヒッターにもかかわらずしっかりと作品づくりに携わってくださりありがとうございます。お手伝いいただいた妹尾さん、また一緒にお仕事できてうれしかったです！

そして表紙のイラストを担当してくださった、大橋キッカ様。最初にイラストを拝見したとき「けしからん！　大好き！」と、悶絶しました。素敵な腹筋ごちそうさまでした。ヒロインの那夕子のように、可愛らしく恥ずかしがれずに申し訳ありません。

そして最後になりましたが、ここまでお読みいただいた読者の皆様。お楽しみいただけましたでしょうか？　心に残るシーンがひとつでもあればうれしいです。

またお会いできる日まで。感謝をこめて。

高田《たかた》ちさき

高田ちさき先生への
ファンレターのあて先

〒104-0031
東京都中央区京橋1-3-1
八重洲口大栄ビル7F
スターツ出版株式会社　書籍編集部　気付

高田ちさき先生

本書へのご意見をお聞かせください

お買い上げいただき、ありがとうございます。
今後の編集の参考にさせていただきますので、
アンケートにお答えいただければ幸いです。

下記URLまたはQRコードから
アンケートページへお入りください。
https://www.berrys-cafe.jp/static/etc/bb

偽装夫婦
～御曹司のかりそめ妻への独占欲が止まらない～

2019年8月10日　初版第1刷発行

著　　者　高田ちさき
©Chisaki Takada 2019

発 行 人　松島 滋

デザイン　カバー　金子歩未（TAUPES）
フォーマット　hive & co.,ltd.

校　　正　株式会社　文字工房燦光

編集協力　妹尾香雪

編　　集　倉持真理

発 行 所　スターツ出版株式会社
〒104-0031
東京都中央区京橋1-3-1　八重洲口大栄ビル7F
TEL　出版マーケティンググループ　03-6202-0386
（ご注文等に関するお問い合わせ）
URL　https://starts-pub.jp/

印 刷 所　大日本印刷株式会社

Printed in Japan

乱丁・落丁などの不良品はお取替えいたします。
上記出版マーケティンググループまでお問い合わせください。
定価はカバーに記載されています。

ISBN 978-4-8137-0734-9　C0193

ベリーズ文庫 2019年8月発売

『恋の餌食　俺様社長に捕獲されました』　紅《くれない》カオル・著

空間デザイン会社で働くカタブツOL・梓は、お見合いから逃げまわっている社長の一樹と偶然鉢合わせる。「今すぐ、俺の婚約者になってくれ」と言って、有無を言わさず梓を巻き込み、フィアンセとして周囲に宣言。その場限りのウソかと思いきや、俺様な一樹は梓を片時も離さず、溺愛してきて…!?

ISBN 978-4-8137-0730-1／定価：本体640円＋税

『堅物社長にグイグイ迫られてます』　鈴《すず》ゆりこ・著

設計事務所で働く雛子は、同棲中の彼の浮気現場に遭遇。家を飛び出し途方に暮れていたところを事務所の所長・御子柴に拾われ同居することに。イケメンだが仕事には鬼のように厳しい彼が、家で見せる優しさに惹かれる雛子。ある日彼の父が経営する会社のパーティーに、恋人として参加するよう頼まれ…。

ISBN 978-4-8137-0731-8／定価：本体640円＋税

『身ごもり政略結婚』　佐倉《さくら》伊織《いおり》・著

閉店寸前の和菓子屋の娘・結衣は、お店のために大手製菓店の御曹司・須藤と政略結婚することに。結婚の条件はただ一つ"跡取りを産む"こと。そこに愛はないと思っていたのに、結衣の懐妊が判明すると、須藤の態度が豹変!?　過保護なまでに甘やかされ、お腹の赤ちゃんも、結衣も丸ごと愛されてしまい…。

ISBN 978-4-8137-0732-5／定価：本体640円＋税

『旦那様の独占欲に火をつけてしまいました』　田崎《たさき》くるみ・著

婚活に連敗し落ち込んでいたOL・芽衣は、上司の門脇から「俺と結婚する?」とまさかの契約結婚を持ちかけられる。門脇は親に無理やりお見合いを勧められ、断り文句が必要だったのだ。やむなく同意した芽衣だが、始まったのはまさかの溺愛猛攻!?　あの手この手で迫られ、次第に本気で惹かれていき…!?

ISBN 978-4-8137-0733-2／定価：本体650円＋税

『偽装夫婦　御曹司のかりそめ妻への独占欲が止まらない』　高田《たかだ》ちさき・著

元カレの裏切りによって、仕事も家もなくした那夕子。ひょんなことから大手製薬会社のイケメン御曹司・尊に夫婦のふりをするよう頼まれ、いきなり新婚生活がスタート！「心から君が欲しい」――かりそめの夫婦のはずなのに、独占欲も露わに朝から晩まで溺愛され、那夕子は身も心も奪われていって――!?

ISBN 978-4-8137-0734-9／定価：本体630円＋税

タイトル、価格等は変更になることがございますのでご了承ください。

ベリーズ文庫 2019年8月発売

『次期国王は独占欲を我慢できない』 雪夏《きよか》ミエル・著

田舎育ちの貴族の娘アリスは、皆が憧れる王宮女官に合格。城でピンチに陥るたびに、偶然出会った密偵の青年に助けられる。そしてある日、美麗な王子ラウルとして現れたのは…密偵の彼!? しかも「君は俺の大切な人」とまさかの溺愛宣言! 素顔を明かして愛を伝える彼に、アリスは戸惑うも抗えず…!?

ISBN 978-4-8137-0735-6／定価：本体650円＋税

『自称・悪役令嬢の華麗なる王宮物語ー仁義なき婚約破棄が目標ですー』 藍里《あいさと》まめ・著

内気な王女・セシリアは、適齢期になり父王から隣国の王太子との縁談を聞かされる。騎士団長に恋心を寄せているセシリアは、この結婚を破棄するためとある策略を練る。それは、立派な悪役令嬢になること! 人に迷惑をかけて、淑女失格の烙印をもらうため、あの手この手でとんでもない悪戯を試みるが…!?

ISBN 978-4-8137-0736-3／定価：本体620円＋税

『異世界で、なんちゃって王宮ナースになりました。王子がピンチで結婚式はお預けです!?』 涙鳴《るいな》・著

異世界にトリップして、王宮ナースとして活躍する若菜は、王太子のシェイドと結婚する日を心待ちにしている。医療技術の進んでいないこの世界で、出産を目の当たりにした若菜は、助産婦を育成することに尽力。そんな折、シェイドが襲われて記憶を失くしてしまう。若菜は必死の看病をするけれど…。

ISBN 978-4-8137-0737-0／定価：本体640円＋税

『転生令嬢は小食王子のお食事係』 甘沢林檎《あまさわりんご》・著

アイリーンは料理が得意な日本の女の子だった記憶を持つ王妃の侍女。料理が好きなアイリーンは、王妃宮の料理人と仲良くなりこっそりとお菓子を作ったりしてすごしていたが、ある日それが王妃にバレてしまう。クビを覚悟するも、お料理スキルを見込まれ、王太子の侍女に任命されてしまい!?

ISBN 978-4-8137-0718-9／定価：本体620円＋税

ベリーズ文庫 2019年9月発売予定

Now Printing

『打上花火』 夏雪《なつゆき》なつめ・著

化粧品会社の販売企画で働く果穂は、課長とこっそり社内恋愛中。ところがある日、彼の浮気が発覚。ショックを受けた果穂は休職し、地元へ帰ることにするが、偶然元カレ・伊勢崎と再会する。超敏腕エリート弁護士になっていた彼は、大人の魅力と包容力で傷ついた果穂の心を甘やかに溶かしていき…。

ISBN 978-4-8137-0749-3／予価600円＋税

Now Printing

『不愛想な同期の密やかな恋情』 水守恵蓮《みずもりえれん》・著

大手化粧品メーカーの企画部で働く美紅は、長いこと一緒に仕事をしている相棒的存在の同期・穂高のそっけない態度に自分は嫌われていると思っていた。ところがある日、ひょんなことから不愛想だった彼が豹変！　強引に唇を奪った挙句、「文句言わずに、俺に惚れられてろ」と溺愛宣言をしてきて…!?

ISBN 978-4-8137-0750-9／予価600円＋税

Now Printing

『p.s.好きです。』 宇佐木《うさぎ》・著

筆まめな鈴音は、ある事情で一流企業の御曹司・忍と期間限定の契約結婚をすることに！　毎日の手作り弁当に手紙を添える鈴音の健気さに、忍が甘く豹変。「俺の妻なんだから、よそ見するな」と契約違反の独占欲が全開に！　偽りの関係だと戸惑うも、昼夜を問わず愛を注がれ、鈴音は彼色に染められていき…!?

ISBN 978-4-8137-0751-6／予価600円＋税

Now Printing

『【社内公認】疑似夫婦 ―私たち、（今のところはまだ）やましくありません！―』 兎山《とやま》もなか・著

寝具メーカーに勤める奈都は、エリート同期・森場が率いる新婚向けベッドのプロジェクトメンバーに抜擢される。そこで、ひょんなことから寝心地を試すため、森場と2週間夫婦として一緒に暮らすことに!?　新婚さながらの熱い言葉のやり取りを含む同居生活に、奈都はドキドキを抑えられなくなっていき…。

ISBN 978-4-8137-0752-3／予価600円＋税

Now Printing

『恋も愛もないけれど』 吉澤紗矢《よしざわさや》・著

家族を助けるため、御曹司の神楽と結婚した令嬢の美琴。政略的なものと割り切り、初夜も朝帰り、夫婦の寝室にも入ってこない彼に愛を求めることはなかった。そればかりか、神楽は愛人を家に呼び込んで…!?　怒り心頭の美琴は家庭内別居を宣言し、離婚を決意する。それなのに神楽の冷たい態度が一変して？

ISBN 978-4-8137-0753-0／予価600円＋税

タイトル、価格等は変更になることがございますのでご了承ください。

ベリーズ文庫 2019年9月発売予定

『月夜見の王女と偽りの騎士』 和泉《いずみ》あや・著

Now Printing

予知能力を持つ、王室専属医の助手・メアリ。クールで容姿端麗な近衛騎士・ユリウスの思わせぶりな態度に、翻弄される日々。ある日、メアリが行方不明の王女と判明し、お付きの騎士に任命されたのは、なんとユリウスだった。それ以来増すユリウスの独占欲。とろけるキスでメアリの理性は陥落寸前で…!?

ISBN 978-4-8137-0754-7／予価600円＋税

『仕立屋王子と魔法のクローゼット』 栗栖《くりす》ひよ子《こ》・著

Now Printing

恋も仕事もイマイチなアパレル店員の恵都はある日、異世界にトリップ！　長男アッシュに助けてもらったのが縁で、美形三兄弟経営の仕立屋で働くことに。豊かなファッション知識で客の心を掴み、仕事へ情熱を燃やす一方、アッシュの優しさに惹かれていく。そこへ「彼女を側室に」と望む王子が現れ…。

ISBN 978-4-8137-0755-4／予価600円＋税

『転生王女のまったりのんびり!?異世界レシピ2』 雨宮《あまみや》れん・著

Now Printing

料理人を目指す咲綾は、目覚めると金髪碧眼の美少女・ヴィオラ姫に転生していた！　ヴィオラの作る日本の料理は異世界の人々の心を掴み、帝国の皇太子・リヒャルトの妹分としてのんびり暮らすことに。そんなある日、日本によく似た"ミナホ国"との国交を回復することになり…!?　人気シリーズ待望の2巻！

ISBN 978-4-8137-0756-1／予価600円＋税